Erich Schmidt

Lenz und Klinger: Zwei Dichter der Geniezeit

Erich Schmidt

Lenz und Klinger: Zwei Dichter der Geniezeit

ISBN/EAN: 9783743478541

Hergestellt in Europa, USA, Kanada, Australien, Japan

Cover: Foto ©Andreas Hilbeck / pixelio.de

Manufactured and distributed by brebook publishing software (www.brebook.com)

Erich Schmidt

Lenz und Klinger: Zwei Dichter der Geniezeit

LENZ UND KLINGER

ZWEI DICHTER DER GENIEZEIT.

DARGESTELLT

VON

ERICH SCHMIDT.

BERLIN,
WEIDMANNSCHE BUCHHANDLUNG.
1878.

AN THEODOR STORM.

In den schönen Stunden unseres Würzburger Zusammenseins kamen wir wiederholt auf Lenz zu sprechen; sein Gedicht 'Die Liebe auf dem Lande' haben wir mit einander gelesen, und Sie, verehrter Freund, bedauerten, es nicht mehr in Ihr 'Hausbuch' aufnehmen zu können. Damals skizzierte ich auch die Vorträge, welche, zuerst einem lieben kleinen Kreise mitgetheilt, den Anstoss zur Niederschrift der folgenden Aufsätze gegeben haben.

Ich wählte diese beiden Kraftgenies, weil ich glaubte, dass die unschätzbare Sammlung 'Der junge Goethe' und v. Loepers Erläuterungen zu 'Dichtung und Wahrheit' auch im grösseren Publikum den Wunsch erweckt haben würden, näheres über die viel genannten, doch wenig gekannten Genossen zu hören, welche einst neben Goethe wandelten und dichteten. Ebenso hat Hettners vortreffliche Darstellung der Sturm- und Drangzeit die Aufmerksamkeit weiterer Kreise stärker auf die siebziger Jahre des vorigen Jahrhunderts und die Geister zweiten und dritten Ranges gelenkt, deren Werke — auch wenn keine Ihrer geliebten Chodowieckischen Stiche darin sind — die Sammler heute mit Gold aufwägen.

Um Lenz hat sich allmählich eine kleine andächtige Gemeinde geschaart. Wenn die Andacht nicht in Unduldsamkeit oder gar in den Fanatismus seines Biographen

Gruppe ausartet, zähle ich mich gern zu diesem Kreise und hoffe nur, dass die liturgische Lection nicht ausschliesslich in den stillen Kämmerlein zu Weimar und Riga, sondern auf offenem Markte allen hörbar gelesen wird, wie denn der dritte Priester dieses Cultus in Reval schon aus der Heimlichkeit hervortritt und seine Reliquien zur Schau stellt.

Für Klinger dürfen wir von seinem Grossneffen die umfassendsten Aufschlüsse erwarten.

Beim Schreiben sind die flüchtigen Skizzen vielfach eingehender ausgeführt worden, als ich Anfangs vorhatte. Aber es blieb bei einer Uebersicht und Auslese. Manches wird vielleicht auch meinen Fachgenossen willkommen sein. Quellenangaben und ähnliches Beiwerk habe ich, um die Lectüre nicht zu erschweren, fast ganz zurückbehalten, auch da, wo abgelegenere Hilfsmittel benutzt wurden. Einiges davon soll anderswo folgen. Dagegen hielt ich es für gut, zwar nicht durch aneinandergereihte Auszüge den Charakter des Acten- und Urkundenmässigen herzustellen, wohl aber das eigene, freiere Urtheil durch Stimmen der Zeit zu bekräftigen und zur Belebung der Eindrücke die Helden sammt ihren Freunden und Feinden manchmal selbst reden zu lassen.

Gönnen Sie den anspruchslosen Blättern einen freundlichen Blick.

Kappelrodeck im Schwarzwald, August 1878.

Erich Schmidt.

„Rheinischer Most" nennt sich eine Sammlung kecker humoristischer Dichtungen des Sturms und Drangs und „rheinischer Most" ist das ganze Wesen und Wirken des Goetheschen Kreises, aus dem sie hervorgeht. Es treibt und gährt in den jungen Geistern, wie wenn junger Wein die Reifen zu sprengen droht; die klassischen Tage Goethes und Schillers brachten dann den hellen, duftenden Labetrank. Aber nicht all das überschäumende Nass, das vordem kredenzt wurde, sollte sich zum reinen Weine klären.

Die litterarische Revolution in ihrem begeisterten, jugendlichen Uebereifer wollte das Hergebrachte stürzen und mit einem grossen, allgemein gehaltenen Programm eine neue Epoche gründen. Verbündet mit einigen nie zur vollen, besonnenen Reife gediehenen jünglinghaften Männern, wie Klopstock, bekämpft sie einen alten, verhassten Feind: das 'Regulbuch'. Es ist eine Empörung gegen den pedantischen Schulmeister. England und Frankreich liefern durch die Schriften Youngs, Rousseaus, Diderots manche handliche Waffe. Das Genie braucht keine Vorschriften, denn es schafft, nur dem inneren Trieb gehorchend, frei aus sich heraus. Galt der alten Schule der Begriff 'Genie' wesentlich gleich dem mässigen Ideal eines gebildeten, an guten Mustern geschulten Schöngeistes, oder, wie ein Leipziger Kunstrichter lieber sagte, eines bel-esprit, so verschwand jetzt diese Forderung einer mühsamen Lehre und Schulung und alles Gewicht fiel auf die eingeborne Schöpferkraft. Goethe vergleicht in seinen Künstlerliedern gern diese geistige Zeugung der animalischen. „Natur" schallt es aus allen Ecken, seit Rousseau das befreiende Losungswort in die Welt gerufen. Naturpoesie und Volkspoesie waren nach den Orakelsprüchen des nordischen Magus Hamann und den ersten Schriften Herders als uralte, wunderherrliche Heimathsländer aller Dichtung wieder vor das Auge des jungen Geschlechts getreten.

Die reformsüchtige Jugend ist immer undankbar gegen die Männer, auf deren Schultern sie steht. Man warf ohne langes Bedenken die Schriftsteller der ablaufenden Zeit als abgewirthschaftete Grössen zu den Todten und ihre Werke in die Rumpelkammer. Auch zu Lessing stellte sich kein rechtes Verhältnis her, so undenkbar alle litterarischen Errungenschaften ohne seine zerstörende und aufbauende Kritik waren. Der plötzliche Sturm bedrohte seine Bauten, doch sie hielten ihn aus. Viele Blätter in dieser Revolutionsgeschichte sind nur Episoden ohne bleibende Bedeutung für die Entwicklung unserer Dichtung. Freilich kann ich nicht die ganze Göttinger Lyrik oder die ganze kraftgeniale Dramatik herausziehen, aber Lenz und Klinger sind nicht nothwendige Bedingungen für das klassische Kunstdrama.

Es war eine gefährliche Werdezeit und auch dieses Gewitter nicht ohne Opfer. Wir lächeln heute über die sogenannte empfindsame Periode, ihre thränenreichen Denkmäler und ihre Wertherschwärmer, über die Kraftgenies und ihre Excentricitäten. Wer näher zusieht, wie viel neues, grosses, überwältigendes zugleich, Aufnahme und Verarbeitung begehrend, auf den Geist eindrang, erquickt sich an der einzigen dämonischen Entwicklung Goethes und blickt freudig dem Homer lesenden Fritz Stolberg über die Schulter, aber er begreift auch den unsicheren Taumel, die stammelnde Rede, das aufgeregte trunkene Gebahren, das damals fast wie ein Veitstanz alle ansteckt. Manche erliegen der Gewalt der Erscheinungen. Andere ringen gewaltsam; ein fesselndes Beispiel solcher geistiger Kämpfe bietet uns K. Ph. Moritzs autobiographischer Roman „Anton Reiser". Schwache Naturen versanken in dem Strudel, kräftige tollten sich darin aus und tauchten gestählt für das Leben daraus empor. So gelang es Klinger. Einer der Versunkenen ist Lenz.

Lenz und Klinger wären für sich theilnehmender Beachtung werth auch ohne die nahen Beziehungen zu Goethe. Sie sind als Menschen und Dichter ungewöhnliche, originelle Erscheinungen und neben Goethe die begabtesten Dramatiker der siebziger Jahre.

I.

Jacob Michael Reinhold Lenz wurde am 12. Januar 1750 (1751?) zu Sesswegen in Livland als der zweite Sohn eines Pastors geboren. 1759 übersiedelte die Familie nach Dorpat, 1768 finden wir den Jüngling als Student der Theologie in Königsberg. Hier war er ein halbes Jahr Hofmeister in einem adeligen Hause, und seiner späteren Darstellung des Hauslehrerthums, vor allem der verächtlichen Behandlung von Seiten der Brotherren und der hochmüthigen Gesellschaft, mag ein gut Theil eigener Erfahrungen zu Grunde liegen. Der immer zu träumerischer Zerstreutheit neigende junge Dichter, der am liebsten still seinen Faden für sich fortspann, hauste zumeist allein in seiner Stube, wenn ihn nicht gelegentlich die lärmende Jugendlust der zahlreichen Landsleute herausriss und auch seine Ausgelassenheit weckte. Der Musiker Reichardt hat einiges aus diesen Tagen berichtet. Von den academischen Lehrern zog ihn nur einer an, aber der grösste, Kant. Am 21. August 1770 widmeten die in Königsberg studirenden Kur- und Livländer dem gefeierten Philosophen ein panegyrisches Gelegenheitsgedicht. Die steife sapphische Ode von „L.. aus Liefland", unserem Lenz, der gleich seinem jüngeren Bruder Johann Christian, dem Juristen, unterzeichnet ist, schliesst:

Stets wollen wir durch Weissheit Ihn erheben
Ja unsern Lehrer, wie er lehrte leben
Und andre lehren: unsre Kinder sollen
    Auch also wollen.
Ihr Söhne Frankreichs! schmäht denn unser Norden,
Fragt, ob Genies je hier erzeuget worden:
Wenn Kant noch lebet, werdt ihr diese Fragen
    Nicht wieder wagen.

    Doch diese Gesinnung gründete bei Lenz nicht tief. Noch hatte er sein Fahrwasser nicht gefunden, und was er daheim und in Königsberg gedichtet, lässt wenig von den Werken seiner deutschen Irrjahre ahnen. Aber gleich der erste Versuch im Drama sucht wirkliche Vorgänge aus der Umgebung zu gestalten: es ist ein kleines, für die Gelegenheit zu ernstes Hochzeitsspiel 'Der verwundete Bräutigam' vom Sommer 1766, das in glatter, wohl den Franzosen abgelernter Form ein Erlebnis des Neuvermählten behandelt. Eben damals brachten auch die Rigaer Anzeigen aus der flinken Feder des Knaben feierliche „Gedanken von dem Versöhnungstode Christi". So ist er Mitarbeiter einer Zeitschrift, die sich zu derselben Zeit gern mit Beiträgen Herders schmückte. Auch die schwungvolle Cantaten- und Odendichtung lässt sich bei Herder und seinen Bekannten verfolgen und Herders spätere herzliche Theilnahme an Lenzens Schicksalen und Werken beruht nicht zuletzt auf der Erinnerung an Königsberg und Riga.

    Das religiöse Pathos des Klopstockschen Messias hat ihn zur Nachfolge begeistert und eine schwungvolle, schildernde Poesie voll starker Wirkungen auf die Phantasie ist zunächst sein Ideal. Kleine poetische Gemälde zeigen, dass ihn in dieser Richtung zugleich die Lectüre Tassos bestärkte. Ja, er versteigt sich zu sechs Büchern über 'Die Landplagen', der Kaiserin Katharina zugeeignet, in fürchterlich schleppenden Hexametern. Krieg, Hungersnoth, Pest, Feuersbrunst, Ueberschwemmung und Erdbeben ziehen in einer langen Reihe schrecklicher Bilder an uns vorüber; unablässig fleht der Dichter die Muse um neue Begeisterung an, bis alles in einen Lobgesang auf den Herren ausklingt. Lenz klopstöckelt.

Begreiflich die Witze der Freunde über diese neueste Landplage und der Rath der Klotzschen Bibliothek, Lenz möge doch der Dichtung für immer Valet sagen. Es zeugt ferner von einem vorsündfluthlichen Geschmack, wenn Lenz 1771 in Berlin schüchtern bei Ramler und Nicolai mit einer Uebersetzung des Popeschen Essay on criticism hausiren geht, zumal in dem veralteten Masse des Alexandriners.

Er hatte eine Stelle als Reisebegleiter zweier kurländischer Edelleute, der Herren von Kleist, angenommen, die in Strassburg in französische Kriegsdienste treten sollten. Sie verweilten unterwegs in Berlin und in Leipzig, das fortan mehrfach in seinen Komödien und Erzählungen erscheint.

Strassburg wurde für Lenz entscheidend. Als er gegen Ende April 1771 hier eintraf, fand er Herder nicht mehr vor und der kurze Sommer machte ihn mit Goethe noch nicht näher vertraut. Aber er warf den bisherigen Ballast von sich und schwur begeistert über den neuen Youngschen Testamenten des Dichters, dem Buch der Natur und dem Buch des Menschen, auf die Namen Homers, Ossians, Shakespeares. Es muss ein Grosses gewesen sein, wie der damaligen Jugend plötzlich eine ganz neue Welt aufstieg.

Den trefflichen Actuar Salzmann begrüsst er bald als seinen Arzt und Sokrates. Lenz überragt die einheimischen Mitglieder der Uebungsgesellschaft um Hauptes Länge. Wie dürftig erscheint uns gegen Herders, Goethes, Lenzens aus dem vollen geschöpfte Worte die Strassburger Shakespearerede des braven Lerse — oder Lersé, wie schon damals der Elsässer schrieb —, den doch Goethe seinen und Shakespeares würdigen Freund nannte. Lenz war durch seine Stellung an die Soldatenkreise gefesselt, fühlte sich aber bald abgestossen. Ihre rohe Unterhaltung befriedigte den Strebenden nicht, ihr Hochmuth verletzte den Ehrgeizigen. So liess er in der Mitte der wackeren Genossen all seiner frischen Begeisterung, all seinen Wunderlichkeiten und krausen Scherzen die Zügel schiessen. Persönliche Liebenswürdigkeit war ihm in hohem Grade eigen. So schildert ihn*) Goethe:

„Klein, aber nett von Gestalt, ein allerliebstes Köpfchen, dessen zierlicher Form niedliche, etwas abgestumpfte Züge vollkommen entsprachen; blaue Augen, blonde Haare, kurz ein Persönchen, wie mir unter nordischen Jünglingen von Zeit zu Zeit eins begegnet ist; einen sanften, gleichsam vorsichtigen Schritt, eine angenehme, nicht ganz fliessende Sprache, und ein Betragen, das zwischen Zurückhaltung und Schüchternheit sich bewegend, einem jungen Manne gar wohl anstand . . . . für seine Sinnesart wüsste ich nur das englische Wort whimsical". Ich kann es so wenig übersetzen, als Goethe, fürchte aber, dass, da 'grillenhaft' und ähnliches nicht recht passt, eine Umschreibung das verhängnissvolle 'verrückt' wenigstens streifen müsste. Lenz war leider von Haus aus eine kranke Natur, die Zerstörung damals nur verborgener. In den vielen tollen, oft ganz unbegreiflichen Streichen, dummschlauen Intriguen, den grossartigen Planen weltbewegender Reformen, dem jämmerlichen Verhalten in entscheidenden

---

*) Wir besitzen von Lenz drei Silhouetten (eine grössere für Lavater, eine für Knebel, eine für die Olla Potrida) und eine Zeichnung, das kostbare Eigenthum von P. Th. Falck. Diese erweckt den Eindruck grosser Treue: das Haupt mit dem freien, lockigen Haar ist gesenkt; das Profil zeigt die 'niedlichen, etwas abgestumpften Züge', das Auge blickt mit dem Ausdruck träumerischer Schwermuth unter der geschwungenen Braue empor und das magere Gesicht trägt den Stempel innerer Leiden.

Lagen, der scheinbaren Unredlichkeit, die namentlich gern nach fremden Briefen greift, zeigt sich der nie ganz gesunde Sinn. Goethes spätere strenge Schilderung ist in allen Hauptzügen unwiderleglich, aber sie vertrüge einen Tropfen Liebe mehr. Grundfalsch wäre es, Lenz nur nach den missgünstigen moralisirenden Aussprüchen anderer zu beurtheilen, wo etwa der Wundermann Lavater den ehemals geliebten schlechtweg unter die Lumpen steckt.

Es muss etwas Koboldartiges in Lenz gelegen haben. Gewiss nicht die raffinirte Schlauheit und Bosheit, die manche ihm vorrücken, aber eine knabenhafte Lust zu Grossthaten, wie zu Affenstreichen, zu erhabenem Wesen, wie zu närrischen Kapriolen. Er ist einen Augenblick erstaunlich taktlos, um im nächsten rührend liebenswürdig und gut zu sein. Wie eingenommen sind Jahre lang alle, die ihn kennen, von ihm! Goethe rühmt sein goldnes Herz und liebt den herrlichen Jungen wie seine Seele; er führt ihn in der dritten Wallfahrt nach Erwins Grabe namentlich ein und nimmt bei dem Strassburger Besuch von ihm den herzlichsten Abschied:

> Zur Erinnrung guter Stunden,
> Aller Freuden, aller Wunden,
> Aller Sorgen, aller Schmerzen
> In zwei tollen Dichterherzen,
> Noch im letzten Augenblick
> Lass' ich Lenzen dies zurück.

Die verschiedensten Menschen vereinigen sich, ihn gut und liebenswürdig zu nennen, Salzmann, Wagner, Miller, Schubart, Herder, Lavater, Schlosser, Cornelie, Pfeffel, die Herzogin Amalia, Frau Rath u. s. w. Als Fritz Stolberg in der Schweiz für sich und die liebsten Genies Hütten bauen möchte, hält er eine für Lenz frei, um auf ewig mit ihm zusammen zu sein. Treu hat Lenz an den Freunden gehangen, an Goethe, Schlossers, Sarasins. Von der angeborenen Gutheit seines wirren Gemüthes legen die Briefe über den Schusterlehrling Konrad Süss ein herzbewegendes Zeugnis ab. Wenn er Wieland und die andern Weimaraner bat, ihn aus einem waregischen Wilden zu einem ihrer nicht unwerthen Manne zu machen, so war das so ehrlich gemeint, als wenn ein zu Zeiten unartiges Kind die freundlich verzeihenden schmeichelnd seiner Reue und Liebe versichert. Ich verkenne Lenzens Schwächen wahrlich nicht und würde den Ton der Vertheidigung gar nicht anschlagen, wenn seine Kritiker immer eine unbefangene Würdigung angestrebt und nicht da den Sittenrichter gespielt hätten, wo es sich nicht um ein hochnothpeinliches Urtheil über bürgerliches Wohlverhalten, sondern um einen sehr complicirten Organismus handelt. Niemand zu 'bemoralisiren' war ein vortrefflicher Grundsatz der Frau Rath.

Die Halbnarrheit, die Goethe dem einstigen Freunde zuschreibt, äussert sich in einer dämmerhaften Unsicherheit und Unwahrheit des Denkens und Handelns, starker Phantasterei und Uebertreibung. Er belügt immer sich selbst zuerst. Er hat keinen klaren Blick für Thatsachen. Erst wenn ihn einer ob seiner Blindheit auslacht, fällt der Schleier. Ohne Festigkeit und Thatkraft, vielmehr schlaff und stets des Leiters bedürftig, wähnt er sich gerade berufen alles zu leiten und umzumodeln. Gute Leute glauben ihm das auch, so schreibt Miller einmal 1775: „seine Reisen sind für die Menschheit wichtig". Er ist ein Intrigant, aber ein unschuldiger und ungefährlicher. Seine Haupt- und Staatsactionen, ob sie nun vernichtend oder aufbauend wirken sollen, sind immer ein Schlag ins Wasser. Wo er am thätigsten zu schaffen glaubt, ist er am müssigsten, und während er sich für den besonnensten Steuermann hält, spielen Wind und Wellen nach Lust mit seinem Schiffchen. Nie geht er gerade aus, sondern irrlichtelirt immer. Er pfuscht in fremden Fächern, will grosse Thaten leisten und glänzen. Auf der einen Seite ohne wahren Stolz und Zurückhaltung, thut er andererseits gern recht gross und wichtig: er muss durch seine Dichtungen Nesseln abhauen; von ihnen, die sein ganzes Dasein mit nehmen und seinen armen Schädel Jahrhunderte lang überleben sollen, ist das Heil der Welt abhängig; eine Satire gegen Wieland schreit er aus mit einem 'Wehe über mein Vaterland, wenn die Wolken nicht gedruckt werden'. Mit den Buchhändlern verkehrt er halb als Phantast, halb als rechnender Geschäftsmann. Dem Herzog von Weimar naht er als verstiegener Projectenmacher. Ich sehe viel' kindliches, kindisches und krankhaftes, aber nichts gemeines; er thut mir herzlich leid, aber er empört mich durchaus nicht. Wer will da mit der hölzernen Elle seiner Alltagsmoral messen, wo Goethe 'das seltsamste und indefinibelste Individuum' gefunden und ein so feiner Psycholog wie Wieland in vielen Briefen vergebens nach einem knappen Urtheile gesucht hat? Er sah in Lenz eine seltsame Composition von Genie und Kindheit, viel Imagination und wenig, oder keinen, Verstand, so ein zartes Maulwurfsgefühl und so einen neblichten Blick, ein heteroklites Geschöpf, gut und fromm wie ein Kind, aber zugleich voller Affenstreiche, daher er oft ein schlimmerer Kerl scheint, als er ist und zu sein Vermögen hat; er möchte immer was beginnen und wirken und weiss nicht was — aber man muss ihn mild beurtheilen den guten Jungen, der mit so viel Genie ein dummer Teufel, und mit so viel Liebe bisweilen ein so boshaftes Aeffchen ist.

Der seltsame Mentor begleitete im Mai 1772 den jüngeren Kleist nach Fort Louis. Sessenheim war nicht fern; dasselbe Sessenheim, wo Goethe ein Jahr zuvor geliebt und gedichtet hatte. Auch Lenz sah das unscheinbare Pfarrhaus gleich im Lichte der englischen humoristischen Dichtung; 'der alte Landprediger' ist ihm ein 'Fieldingscher Character'. Aber die ‚Landnymphen' zogen den Alcibiades Lenz mehr an, als der Landpastor den Candidaten der Theologie. Für das folgende geben die Briefe an Salzmann reichliche Auskunft. Lenz nährte in Fort Louis, dann in Landau eine Leidenschaft für die stille, mehr im vorigen Sommer lebende Friederike. Man will eitel Lüge, Komödiantenthum und Renommisterei, den Goethe auszustechen, in diesem Irrgang erblicken. Lenz, schnell auflodernd, hat Friederiken unstreitig geliebt. Viel Selbsttäuschung und Entstellung lief mitunter. Goethes Concept, beruhend auf einem Gespräch mit Friederike bei jenem Besuche 1779, ist nicht zuverlässig. Möglich, dass Lenz einmal ein übles Wort über Goethe fallen lies, aber die lauterste Zeugin der Wahrheit, die Lyrik, sagt uns, dass Lenz wohl einmal in einem Briefe von Gegenliebe faseln konnte, dass aber trotzdem Friederike ihm nicht die dem Freunde geneidete, sondern treu folgende 'Freundin aus der Wolke' war.

Wenn ich zwischen verworrenen Briefen, unmittelbar im Drang der ersten Eindrücke geschrieben, und einfach innigen Versen, nach der Klärung der Empfindungen später gedichtet, zu wählen habe, fällt mir die Entscheidung nicht schwer. Man wende nicht ein, dass die Verse für Goethe bestimmt waren — 'Die Liebe auf dem Lande' besass Goethe und gab sie nach Jahrzehnten Schiller zur Veröffentlichung — dem unwahren Lyriker ruft man sofort zu: du lügst. Was er am tiefsten und wahrsten empfunden hat, kann er am tiefsten und wahrsten aussprechen, und umgekehrt. Wer Mörikes Lyrik an einer kleinen köstlichen Probe rühmen will, wählt gern die ergreifenden Zeilen 'früh, wann die Hähne krähn'. Die längere Schilderung des verlassenen Mägdleins in Lenzens 'Liebe auf dem Lande' steht dagegen nicht zurück. Er zeichnet die blasse Friederike mit rührender Einfachheit, um dann mit anschwellender, hinreissender Gewalt die dauernde Macht der einmal eingewurzelten alten Liebe zu zeigen. Ich kann einige Abschnitte, zugleich als bestes Beispiel Lenzscher Lyrik, hier nicht entbehren:

> Ein wohlgenährter Kandidat
> Der nie noch einen Fehltritt that,
> Und den verbotnen Liebestrieb
> In lauter Predigten verschrieb,
> Kehrt' einst bei einem Pfarrer ein
> Den Sonntag sein Gehülf' zu sein.
> Der hatt' ein Kind, zwar still und bleich
> Von Kummer krank, doch Engeln gleich:
> Sie hielt im halberloschnen Blick
> Noch Flammen ohne Maass zurück,
> All itzt in Andacht eingehüllt,
> Schön wie ein marmorn Heil'genbild.
> War nicht umsonst so still und schwach,
> Verlassne Liebe trug sie nach.

Nun schildert Lenz Friederikens treues Angedenken, aber auch ihre naive Freude am Putz, wie sie uns aus dem graziösesten Liede der Goetheschen Jugend 'Kleine Blumen, kleine Blätter' und aus Gretchens Schmuckscene entgegen lächelt:

> In ihrer kleinen Kammer hoch
> Sie stets an der Erinn'rung sog,
> An ihrem Brodschrank an der Wand
> Er immer, immer vor ihr stand
> Und wenn ein Schlaf sie übernahm,
> Im Traum er immer wieder kam.
> Für ihn sie noch ihr Härlein stutzt,
> Sich, wenn sie ganz allein ist, putzt,
> All' ihre Schürzen anprobirt
> Und ihre schönen Lätzchen schnürt,
> Und von dem Spiegel nur allein
> Verlangt, er soll ein Schmeichler sein:

>Kam aber etwas Fremd's in's Haus,
>So zog sie gleich den Schnürleib aus,
>That sich so schlecht und häuslich an,
>Es übersah sie jedermann.

Doch unserem Pfaffen leuchtet 'der Lilie Nachtglanz' ein; der Vater traut sie — ein späteres Einschiebsel —:

>Wer malet diesen Kalchas mir
>Und dieses Opfers Blumenzier,
>Wie's vor'm Altar am Hochzeittag
>In seiner Mutter Brautkleid lag.

Geduldig, aber nicht glücklich lebt sie neben dem Gatten dahin,

>Denn immer, immer, immer doch
>Schwebt ihr das Bild an Wänden noch
>Von einem Menschen, welcher kam
>Und ihr als Kind das Herze nahm:
>Fast ausgelöscht ist sein Gesicht,
>Doch seiner Worte Kraft noch nicht,
>Und jener Stunden Seligkeit,
>Ach jener Träume Wirklichkeit,
>Die angeboren jedermann,
>Kein Mensch sich wirklich machen kann.

Diese, wohl erst 1775 gedichteten Verse zeigen, dass Lenz Friederikens Verhältnis zu Goethe so innig aufgefasst und wiedergegeben hat, wie kaum einer. Und nur dieser whimsical Lenz war vorher fähig, sich kopfüber in eine Liebe zu ihr zu stürzen und sich auf Augenblicke weis zu machen, sie erwiedere seine Neigung. Weil was im Leben wahrer ist, es auch in der Lyrik ist, haben seine damals an Friederike gerichteten Gedichte, wie das mit Unrecht Goethe zugewiesene 'Ach Du bist fort' mit dem mörderischen Schluss 'ich sterbe, grausame, für Dich' oder das Stammbuchblatt 'Die Todeswunde tief in meinem Herzen', das v. Maltzahn im Original verwahrt, bei manchen Schönheiten etwas Gezwungenes.

Der Anfang des eben vorgeführten Gedichts lautete in der ersten Fassung, welche Falck besitzt, anders, der Wirklichkeit näher: 'ein schlechtgenährter Kandidat, der oftmals einen Fehltritt that'! Für Lenz kamen schlimme, entbehrungsvolle Tage, besonders nach dem Zerfall mit den rüden Kurländern. Lavater erhielt im Sommer 1774 von der lumpig gekleideten Wirthin einen wunderlichen Bericht über den herzguten Jungen Lenz, dem die Tochter zugethan war, und seinen dummen Baron.

Urlichs hat aus Schillers Nachlass ein durch Goethe dahin gelangtes Stück 'Tagebuch' hervorgezogen, welches Lenz ursprünglich englisch — so glaube ich, nicht französisch — geschrieben und für Goethe verdeutscht hatte. Ich habe die Blätter selbst in Händen gehabt und konnte den klaren Schriftzügen folgend die von Goethe gerühmte Kunst Lenzens, in das Gemeinste Poesie zu legen, mit dem lebendigen Eindrucke spüren, als rede ein irrsinniges Genie auf mich ein. Biographisches und pathologisches Interesse fand Schiller in diesen Erlebnissen vom Herbst 1774. Goethe hat die romanhafte Beichte für seine Darstellung in Dichtung und Wahrheit verwerthet.

Der älteste Kleist hatte ein Liebesverhältnis mit der Tochter eines Kaufmanns am Paradeplatz. Als 'Scipio', abreiste, wurde sein Eheversprechen durch einen notariellen Act beglaubigt. Nun tritt der dritte Kleist, der 'Schwager', in Strassburg auf, um gleichfalls mit dem Mädchen, 'Araminte', anzubinden. Lenz will eingreifen und intriguirt, wie schon zuvor, durch Briefe, sogar an den Vater Kleist. Er nähert sich der Schönen, halb als Liebhaber, halb als Mentor, der den ersten Kleist gegen den dritten vertreten will, entwickelt seine gewöhnliche Wichtigthuerei und sieht erst spät, auch dann nicht klar, wie sträflich die Kokette ihn nasführt. Das schön geschriebene Tagebuch ist ein sehr unerfreuliches Denkmal seiner Thorheit, des Leichtsinns und Muthwillens von Seiten des eroberungslustigen

Bürgermädchens, der Rohheit des Kurländers, der an grausamen Streichen sein Behagen findet, Lenz Nachts mit blankem Degen angreift, dann komische Rührscenen mit ihm aufführt, um ihn schliesslich im Stillen und offen auszulachen. Diese erlebte Novelle hat den Lenzschen Dichtungen reichen Stoff zugeführt. Was im Leben folgte, lässt sich schwer ermitteln; auch die Benutzung von Gedichten zur Ergänzung der Lücken ist gewagt. Möglich, dass die Farce einer Herausforderung zum Duell den tragikomischen Handel abschloss.

Lenz stellte sich auf eigene Füsse. Er hatte sich deshalb schon im September 1774 als Student einschreiben lassen und trotz seiner Verwahrung nach einer Hofmeisterstelle ausgeschaut, die ihm Stöber und der Allerweltsmann Ring bei einer Frau von Schilling verschaffen wollten, aber Kleist liess ihn damals nicht frei. So führte er ein gar kümmerliches Leben, lief herum 'wie ein Postpferd' und gab englische Stunden. Immer drückender wurden die Schulden, er nennt sich arm wie eine Kirchenmaus. Der Vater, ein starrsinniger, harter Mann, schwieg. Sein Ruf war in dem spiessbürgerlichen Strassburg nicht der beste, denn fand ihn auch Pfeffel im October 1775 sehr unterrichtet und liebenswürdig (bien instruit et aimable), so warnt doch Professor Oberlin (16 I 75) den Karlsruher Prinzenerzieher Hofrath Ring, nicht seine volle Hochachtung an einen Lenz zu verschwenden, der bei allem Geist, Talent und Studium sittlich nicht unbescholten sei und seine Werke durch tausend beleidigende Ausdrücke schände. Auch Petersen schreibt (22 II 75): 'hier macht man so viel nicht aus ihm, als auswärts'.

Nach aussen wurde er immer bekannter. Sophie la Roche schenkte ihm ihre Huld. Die Verbindung mit der Schweiz war hergestellt. Männer wie Zimmermann, Merck, Boie, besonders Herder, von den jüngeren Dichtern ganz abgesehen, wandten sich ihm theilnahmsvoll zu. Er besucht

Schlossers. Und eben damals 1774/75 kam durch regen Briefwechsel und den Austausch ungedruckter Dichtwerke die Freundschaft mit Goethe zur Blüthe. So wanderte der 'Prometheus' mit nach Russland. 'Ueber unsere Ehe' war der Titel einer verlorenen Schrift Lenzens. 'Briefe über die Moralität des jungen Werthers' nannte sich eine Vertheidigung des Goetheschen Romans, deren Druck nur F. H. Jacobi verhinderte. Die Zeitungen stellten ihn neben Goethe als den zweiten deutschen Shakespeare.

Er lernte die weimarischen Prinzen und Knebel kennen. Dann unterbrach zu Pfingsten die herrliche Geniereise Goethes und der Stolberge aufs freudigste den einförmigen Strassburger Trott. Unter den hohen, vielreih kreuzenden Linden, aus deren Schatten damals Goethe an Johanna Fahlmer ein bewegtes Briefchen sandte, feierten die Freunde Wiedersehen und Abschied. Lenz schrieb zum Andenken an den 24. Mai 1775 die Verse 'Der Wasserzoll, Denkmal der Freundschaft':

Ihr stummen Bäume, meine Zeugen,
Ach käm' er ohngefehr
Hier, wo wir sassen, wieder her,
Könnt ihr von meinen Thränen schweigen?

Die letzten Strassburger Jahre sind seine ergiebigsten. Goethe hatte ihm Weygand zum Verleger verschafft, ja sogar einiges ohne Lenzens Vorwissen drucken lassen.

Unvergessen soll ihm aber seine unermüdliche, schöne Thätigkeit für das Deutschthum im Elsass sein, wo damals alles in 'französische liqueurs evaporirte'. Er möchte in den Strassburgern die matte Schnakenphilosophie und das belletristische Geschnarch tödten und, mit Goethes und Ossians Helden auf sie einstürmend, das alte Erdengefühl in ihnen zu neuem Leben wecken. Goethes berühmtes 'Deutschheit emergirend' ist sein Programm. Darum widmete er sich aus vollem Herzen der am 2. November 1775 neu eröffneten Salzmannschen Gesellschaft, die er wesentlich zu einer Gesellschaft für deutsche Sprache zu gestalten suchte. Aus demselben Kreise gieng die tüchtige Wochenschrift 'Der Bürgerfreund' hervor. Wir besitzen die Sitzungsprotokolle, im ersten Halbjahr von Lenz als Secretär geführt, und eine Reihe vortrefflicher Aufsätze desselben. Unermüdlich spricht er bald über das Deutsch im Elsass und Breisgau und richtet die Aufmerksamkeit auf die Sprache des niederen Volkes, behandelt er bald mit auffallender Mässigung den Scenenwechsel bei Shakespeare, gibt er eine altenglische Ballade, seine Wertherbriefe, Gedichte, seine Bearbeitungen der Captivi und des Coriolan, ein ander Mal Briefe und Aufsätze Schlossers zum besten. Er war die Seele des ganzen löblichen Unternehmens, das nach seinem Weggange schnell ins Stocken gerieth. Er verlangte deutsche Vorträge, deutsche Sprachwerke. Wer vernähme nicht freudig seinen Zuruf an die Elsässer:

„Wir alle sind Deutsche. Mit Vergnügen aber mit heimlichem, habe ich bisher aus einigen Ihrer Vorlesungen gesehen, dass selbst die Obermacht einer herrschenden und was noch weit mehr ist, verfeinerten Sprache den alten Hang zu dem mütterlichen Boden Ihres Geistes, ich meine zu unserer nervigten deutschen Sprache, nicht habe ersticken können. Bleiben Sie ihm treu. Alle Ihre kindischen und nachher männlichen Vorstellungen und Gefühle sind auf diesem Boden erwachsen, wollen Sie denen entsagen, weil Sie Unterthanen einer fremden glücklichen Regierung sind? Eben weil diese Regierung menschenfreundlich und beglückend ist, fordert sie diese Aufopferung von Ihnen nicht; der Geist meine Herren, leidet keine Naturalisationen, der Deutsche wird an der Küste der Caffern so gut als in Diderots Insel der Glückseligkeit immer Deutscher bleiben und der Franzose Franzos."

Ende December 1775 tritt ein deutsch-französischer Schwärmer in den Kreis und schliesst sich bald an den deutschen an. Ein verworrenes Drama Ramonds de Carbonnières trägt die Widmung 'A monsieur Lenz.

Mit dieser im Ganzen besonnenen Thätigkeit, welche kleinere theologische und philosophische Arbeiten und ein aufgeregtes Glaubensbekenntnis 'Meynung eines Layen' begleiteten, gieng aber eine dritte tolle Leidenschaft Hand in Hand. Ernst und Unsinn stiessen in Lenz nur zu nahe zusammen. Briefe, ein flüchtiger Blick, — und sofort ist er in Henriette von Waldner, bald Baronin von Oberkirch, verliebt oder glaubt es wenigstens zu sein. Sie, die gern Beziehungen zu litterarischen Grössen hatte, so zu Goethe und Wieland, aber, wie ihre Memoiren sattsam zeigen, am liebsten in hochadeligen und höfischen Verbindungen aufgieng, wusste schwerlich, dass ein überspanntes deutsches Genie sie als Phyllis besang und in ihren Liebesbanden seinen 'Petrarch' und 'Waldbruder' schrieb, dass er sie allein in einem Briefe nach Weimar bei wegwerfenden Urtheilen über die Strassburgerinnen rühmlichst ausnahm und über ihre Verheiratung, ihren Schattenriss mit dem Zürcher Physiognomen hitzig correspondierte.

Goethes Stern stieg in Weimar empor. Das lockte den von Schulden und ehrgeizigen Planen gleichmässig gedrückten Lenz. Erst klopft er leise andeutend bei Knebel an, dann macht er sich plötzlich auf. Hatte er doch schon längst von Strassburg fort gewollt; die italienische Reise mit dem jungen Flies, dem Sohne des Berliner Münzjuden, war nur nicht zu Stande gekommen. Unterwegs gibt es die schönsten Begrüssungen mit dem Maler Müller, Merck, Klinger, Frau Aja. Am 1. April 1776 flattert der 'lahme Kranich', wie er sich nach einem Kleistschen Gedicht nennt, in Weimar ein und ist bald 'verschlungen vom angenehmen Strudel des Hofs', der für ihn freundlichst die Gasthausrechnung bezahlte, viel bei Karl August, oder in Goethes Garten, 'ganz glücklich und ganz unglücklich'. Verschwunden der Hass gegen Wieland, der den Poet à triple carillon gutmüthig zu Gnaden aufnahm. Die ersten Fehltritte wurden ihm gern verziehen; höchstens erregte es ein Lachfieber, wenn 'das kleine, wunderliche Ding' ungeladen auf der Redoute eine seiner unausbleiblichen Eseleien begieng. Aber langsam bereitete sich die Katastrophe vor.

Von Ende Juni an vergrub sich Lenz für längere Zeit in den Thüringer Wald und schrieb als einsamer Waldbruder zu Berka ein aus Strassburger und Weimarer Eindrücken gemischtes seltsames Pendant zu Werthers Leiden. Noch kann er sublimiora dichten, seine eigenen Herzenswirren und Leiden ergreifend sagen, Freunde und Gönner durch verbindliche Verse erfreuen oder durch launige Knittelreime ergötzen, noch möchte er alle versöhnen, die ihm zürnen, und richtet, von Wieland unterstützt, flehende Verse an den grollenden Vater, noch ist er der kleine Gerngross, der etwa das ganze Soldatenwesen umschaffen will, aber schon erkennen alle die ewige Dämmerung, die ihn umfängt. Am 16. September schreibt Goethe an Merck: 'Lenz ist unter uns wie ein krankes Kind, wir wiegen und tänzeln ihn, und geben und lassen ihm vom Spielzeug was er will'.

Es war die Zeit, wo in Weimar ein Genie nach dem anderen sein Heil versuchte, erst Lenz, dann Klinger, wo auch der verlogene Kraftapostel und Gottesspürhund Kaufmann auf seinem berühmten Schimmel in den neuen Musenhof eintrat. Sie mussten alle weichen. Lenz trat allzu keck an den Tisch der Götter, aber zum 'Tantalus' war er zu klein.

Gleich in den ersten Tagen hatte er die 'liebenswürdigste und geistreichste Dame' Weimars, 'das herrlichste Geschöpf auf Gottes Erdboden', Frau von Stein kennen gelernt. Goethes Briefe melden uns wiederholte Besuche, auch in Kochberg. Dorthin erbat sich die Stein am 8. September Lenz als Lehrer des Englischen; sie wollte Shakespeare und

Goldsmith mit ihm lesen. Widerwillig liess ihn Goethe ziehen. Er schreibt am 10., zwei Tage vor Lenzens Abreise auf das Gut: 'Ich schick Ihnen Lenzen, endlich hab' ichs über mich gewonnen. O Sie haben eine Art zu peinigen, wie das Schicksal, man kann sich nicht darüber beklagen, so weh es thut. Er soll Sie sehen, und die zerstörte Seele soll in Ihrer Gegenwart die Balsamtropfen einschlürfen, um die ich alles beneide. Er soll mit Ihnen sein — Er war ganz betroffen, da ich ihm sein Glück ankündigte, in Kochberg mit Ihnen sein, mit Ihnen gehen, Sie lehren, für Sie zeichnen, Sie werden für ihn zeichnen, für ihn sein. Und ich — zwar von mir ist die Rede nicht und warum sollte von mir die Rede sein — Er war ganz im Traum da ichs ihm sagte, bittet nur Geduld mit ihm zu haben, bittet nur ihn in seinem Wesen zu lassen. Und ich sagt' ihm, dass er es, eh' er gebeten, habe.... Von mir hören Sie nun nichts weiter. Ich verbitte mir auch alle Nachrichten von Ihnen oder Lenz'. Schon am nächst-nächsten Tage folgte ein Widerruf seiner Ungerechtigkeit. Jeder Gedanke an Eifersucht dieser 'zerstörten Seele' gegenüber, wäre lächerlich; es ist nur der Unmuth, dass andere mehr von der lieben Frau haben sollen, als er, und die ärgerliche Auflehnung gegen die Schranken. 'Indessen wird die weisse Hand des Jünglings Ungestüm beschränken' dichtet Lenz im Hinblick auf Goethe und die Stein. Dazu kamen jedesfalls Bedenken über Lenzens Indiscretionen und Taktlosigkeiten. Lenz ist wieder der glücklich unglückliche. Neue Aufregungen für das wunde Gemüth: immer Goethe der begünstigte, er allein im Dunkel wandelnd. Aber wie Goethe bald dankt 'Lohns Gott was Sie für Lenzen thun', so schreibt Lenz am 23. October begeistert an Salzmann.

Dann kam der verhängnisvolle November und mit ihm Junker Phaetons Fall. Ueber Lenzens plötzlicher Verbannung aus Weimar liegt ein Schleier. Der Umstand,

dass ein Fräulein Adelaide v. Waldner Hofdame bei der Herzogin war, hat eine Zeit lang eine leidige Confusion mit jener Henriette verschuldet. Am 26. November schreibt Goethe in sein Tagebuch 'Lenzens Eseley'. Am 25. war wieder einer der für Lenz fatalen Hofbälle gewesen. Goethe besucht in der Angelegenheit die Herzogin Mutter, die Göchhausen, die Stein. Herder muss vermitteln. Lenz fühlt sich unschuldig, er will gehen, lehnt aber eine von unbekannter Hand angebotene Reiseunterstützung ab. Am 29. schickt er noch an Goethe 'ein kleines Pasquill', das dieser als 'dummen Brief von Lenz' bezeichnet. Dies Schreiben war gewiss nicht die Ursache der Verstimmung, aber ein Spottgedicht oder etwas ähnliches — sicher nicht gegen Anna Amalia — wirkte mit, denn Lenz nennt sich einen ausgestossenen Pasquillanten. Zwei dumme Streiche trafen zusammen, wie auch die bekannten Verse aus Wielands Sommermärchen bezeugen:
> Der Junker zieht
> (wie Bruder L.)
> Sich aus der ersten
> Impertinenz
> Durch — eine zweite.

Einsiedel gieng mit entschiedener Härte vor, während Kalb und besonders Herder dem Armen freundlich beistanden. Kaum ward ihm ein Tag Frist gewährt. Er richtete noch ein Schreiben an die Herzogin Louise, welches Goethe durch Frau von Stein überreichen liess.

Diese beiden waren unstreitig die zunächst betroffenen. Goethe sah seine Existenz bedroht, und Worte wie 'die ganze Sache reisst so an meinem Innersten, dass ich dadran wieder spüre, dass es tüchtig ist und was aushalten kann' oder die Bezeichnung seines Seelenzustandes als 'tiefste Verwirrung meinselbst', verbunden mit der Erwägung, dass Lenz vom Steinthal aus sich mit dem gefallenen reuigen Abbadona verglich, auch sonst durch deutsche und englische Briefe die einstige Schülerin zu versöhnen suchte, ja Goethe noch 1781 mit der Freundin eine Antwort an Lenz überlegen muss, dass er dauernd verstimmt blieb und Wieland ihm das Unglück des Verbannten nicht mitzutheilen wagte, alle diese Umstände beweisen unwiderleglich, dass Lenz mit täppischer Hand zarte Verhältnisse berührt hatte. Mehr wissen wir nicht; denn Gedichte, wie 'Der verlorene Augenblick', dieses mehr als Vision aufzufassen, 'An Seraphine', 'Auf eine Papillote' sind unklar gehalten und vielleicht besser auf frühere Erlebnisse zu beziehen. Wieland, Karl August und die Herzogin Wittwe haben ihm am ersten vergeben und mit der Frau Rath für ihn gesammelt.

Erst 'durch Superlativos verdorben', dann während seines Aufenthaltes 'unendlich gedemüthigt' zieht er am 1. December fort; niemand wusste, wohin. Er war mit Schande von da vertrieben worden, wo er als Neuordner der Taktik in der sächsischen Uniform zu paradieren gehofft hatte. Wie wenig erfüllte sich ihm der Voss'sche 'Neujahrswunsch', den die fröhliche Räthin Goethe aus dem Wandsbecker Boten in sein Stammbuch geschrieben:

Ich wünsch' Euch Wein und Mädchenkuss,
Und Eurem Klepper Pegasus
Die Krippe stets voll Futter . . . . . .

Auch für seine **Dichtung** kam nur noch ein kümmerlicher Nachherbst und ein öder Winter. Was hatte Lenz bis zu diesem Wendepunkt geleistet? Griechenfest und Shakespearefest war Goethe in Strassburg geworden. So lebte Lenz sich hier immer mehr in Plautus und Holberg, Homer und Ossian, vor allem in den 'Will of all Wills' ein. Er schüttet im munteren Verkehre mit den Freunden immer einen Sack voll Quibbles aus, übersetzt aus Shakespeare, strebt in seinen eigenen Schöpfungen nach Shakespeareschem Wurf und baut seine ganze Theorie des Dramas auf dem einseitigsten Shakespearecultus auf.

Seine 'Anmerkungen über das Theater' von 1774 bilden neben Herders 'Shakespeare', Goethes Frankfurter Rede und Merciers Nouvel essai sur le théatre, den Goethe durch einen Dichtgenossen übertragen liess, die Dramaturgie des Sturms und Drangs. Ein paar Jahre vorher hatte Lessing in seiner Dramaturgie die Freiheit des geborenen Kunstrichters, Genie genannt, verkündigt, jetzt wurde statt der Emancipation die völlige Zuchtlosigkeit ausgerufen. Aber man muss hier streng scheiden. Herder schalt, dass Goethe sich durch Shakespeare ganz habe verderben lassen, und Goethes Shakespearomanie blieb fortan massvoll. Lenzens Praxis dagegen steht einzig da, wenn auch der Theorie Goethe damals zustimmte. Er will seine Schrift schon vor dem Erscheinen der Sammlung 'Von deutscher Art und Kunst' und des Götz den Strassburger Freunden vorgelesen haben; wohl möglich, möglich aber auch, dass er von diesen Werken schon vorläufiges wusste. Die Berührung mit Lessing liegt in dem Hohne gegen das französische Trauerspiel, das gegen Shakespeare gehalten keine Charactere, sondern nur personificierte Gemeinplätze habe, wo Oedipus in der Perücke auftrete, wo jeder Dichter nur sich selbst male, denn was seien Voltaires Helden anders als 'frivole Arouets'? Auch er hat es besonders mit Voltaire zu thun. Er tadelt wie Lessing das deutsche Drama als einen Mischmasch aller möglichen Elemente, er leitet mit ihm die Einheit des Ortes von dem griechischen Chor her. Sonst scheiden sich die Wege gänzlich. In stürmischen, barocken, kühn hingeworfenen Sätzen, oft ohne tiefere Kenntnis, werden die abzirkelnden Aesthetiker abgetrumpft; er braucht sie nicht, denn das Genie verkörpert frei den Begriff der Schönheit. Er glaubt nicht mit Aristoteles, dass das Drama die Nachahmung einer Handlung sei, die Begebenheiten erscheinen ihm ganz nebensächlich. Er verlacht nicht nur die 'so erschreckliche, jämmerlich berühmte Bulle von den drei Einheiten', sondern fordert nicht einmal die Einheit der Handlung. Das bunte wechselvolle Treiben der Welt soll den bisherigen engen Rahmen durchbrechen. Das Theater soll ein 'Raritätenkasten' sein. Dieser Goethesche Ausdruck bezeichnet ganz Lenzens Theorie und Praxis. Er verlangt shakespearisierende 'Characterstücke' und stellt den unverständigen Satz auf, dass es im Lustspiel auf die Begebenheiten, im Trauerspiel auf die Personen, richtiger die Person, ankomme, mit Berufung — auf die deutsche Vergangenheit, auf Hans Sachs! Es braucht Individuen, welche leben, wie Shakespeares Menschen. 'Es ist ein sakerments Kerl' heisst es in Goethes Caesarfragmenten, und indem Lenz Voltaires Julius Caesar mit Shakespeares vergleicht, kommt er zu dem Schlusse: dass uns jeder rechte Held des Dramas den bewundernden Ruf 'das ist ein Kerl' entlocken müsse. Seine gefährliche Auffassung der Einheit, allenfalls auf die Composition des Götz passend, wirft alle strenge Straffheit über den Haufen und befiehlt: fabula est una si circa unum sit. Eine gewaltige Hauptfigur, ein grosser Character, das ist genug. Der Zwiespalt mit Lessing liegt klar vor Augen. Die jungen Leute holten sich aus der Hamburgischen Dramaturgie ein paar tüchtige Tragbalken und wollten den Rest gern dem Verfall preis geben. Wie denn auch die knappste aller Tragödien, Emilia Galotti, nach einigen Seiten tief auf sie wirkte, und doch die Bewunderung für dies Meisterwerk des rechnenden Verstandes als ganzes frostig war. Von Lessings Seite drohte ein Sturm gegen Goethe und Lenz, wie uns Weisse und Brandes berichten. Die Lenzschen 'Anmerkungen' nannte er ein Gewäsche. Kaum hatte er, ausgerüstet mit aller Kenntnis des Theaters sein undankbares Dramaturgenamt vollzogen, so bemühten sich halbwüchsige Rekruten Breschen in seine neuen Wälle zu schiessen; um so ärgerlicher für ihn, als er die Begabung der tumultuarischen Jünglinge keineswegs verkannte. Er hatte seine Rechte auf den Kanon des Aristoteles gelegt wie auf eine Bibel und seine Sätze sich angeeignet wie die des Euclid — und jetzt witzelte Lenz über die 'poetische Reitkunst' des 'Herrn Aristoteles' und die Frankfurter gelehrten Anzeigen mahnten in ihrer Besprechung den Leser 'wirst im zweyten mit grossem Entsetzen und kaltem Herzensschauder wahrnehmen, auf welchen faulen und vermoderten Grundpfeilern das Aristotelische Brettergerüste schon so lange geruht hat'; Schlosser, gleichfalls in einem auf Lenz bezüglichen Aufsatze, schimpfte den Aristoteles gar einen 'kalten Unmenschen', und Schubart rühmte an Ossian 'hier hat man wahre Naturlaute ohne das Solfeggio des Singmeister Aristoteles', dessen Gesetze er mit Vorliebe den Krücken für Lahme vergleicht. Zuerst hatte schon der Vater der Genietragödie, Gerstenberg, von der 'ziemlich obenhin oder wenigstens nach sehr prekären Prämissen überdachten' aristotelischen Poetik gesprochen.

Mit den 'Anmerkungen' vereint und durch ihr begeistertes Lob Shakespeares gleichsam eingeläutet erschien Lenzens Uebersetzung der 'Verlornen Liebesmüh' unter dem Titel Amor vincit omnia, die erste genügende, wenn auch vergröberte Bearbeitung eines Shakespeareschen Lustspiels, immer auf entsprechenden, nicht auf wörtlichen Ausdruck bedacht, vortrefflich in derberen Scenen und in der Umschreibung der Scherze. Die spielenden Verse von Hirsch und Hirschel u. s. w. konnte Goethe wörtlich in Dichtung und Wahrheit als Muster der Strassburger Quibbles aufnehmen. Hätten sich damals Herder und Lenz zu einer Shakespeareübersetzung vereinigt, so wäre der klassischen Schlegelschen trefflich vorgearbeitet worden. Den 'Coriolan' würde jedoch Lenz kaum haben behalten dürfen. Ich zweifle, ob seine verlorene Uebertragung den Ton getroffen hat. So wenig wie sein 'Ossian für Frauenzimmer' entfernt einen Vergleich mit Goethes Bruchstücken duldet. Wenn aber begeisterte Freunde in ihm einen neuen Aristophanes und Plautus sahen, so war ihr Lob zwar sehr übertrieben, doch nicht aus der Luft gegriffen. Beweis sind seine fünf 'Lustspiele nach dem Plautus'. Ein weiteres, 'die Algierer', den ernsteren Captivi entsprechend, ist uns nicht erhalten. Goethe war sein Berather; weiter reicht sein Antheil nicht. Schade dass Lenz nicht auch den Trinummus bearbeitet hat, damit wir seine Manier gegen die Lessingsche halten könnten. Er würde im Vortheil sein, denn er modernisiert viel gründlicher und besitzt bei ziemlich engem Anschluss an das Original, das er in Verhältnisse der Gegenwart überträgt, dieselbe freie Bewegung, sprudelnde Laune, drastische Sprache voll ungezwungener Wortwitze, dieselben oft anstössigen, immer lebendig und flott entworfenen Situationen, wie der dänische Plautus Holberg. Auch bei ganz fremden Dingen kommt er nicht lange in Verlegenheit: dem Curculio entspricht die 'Türkensclavin'. Bramarbasse, Geizhälse, Buhlerinnen, Roués, Xanthippen, alte Schwachköpfe waren dankbare Rollen. Eine so kecke Komik kannte das deutsche Lustspiel seit Gryphius und Christian Weise nicht.

Treffend hat schon Hettner für Lenz auf Holberg verwiesen. Im derben bürgerlichen Lustspiel und in Komödien wie 'Erasmus Montanus' u. dgl. hätte Lenz sein eigentliches dramatisches Vermögen zeigen sollen und können, nicht in Trauerspielen oder Freudenspielen zum Weinen.

Es war nichts neues, wenn Lenz nach einer Mischgattung strebte. Man denke an den Roman Pamela, an die Rührstücke der Nivelle de la Chaussée, Gellert, an die lauten Rufe nach drames bourgeois oder tragicomédies. Vor allem ist Lenz bei Diderot in die Schule gegangen, der mit Mercier zusammen die deutsche Dramatik der siebziger Jahre lebhafter angeregt hat, als man gewöhnlich meint. Das Shakespearisieren ist bei vielen etwas ganz äusserliches; darum arbeitet die Masse, Leute wie Grossmann und Gemmingen als Mitte und Uebergang angesehen, weit mehr den Schröder, Iffland und Kotzebue entgegen, als der klassischen Kunsttragödie. Diderots Einfluss auf Lenz erstreckt sich hauptsächlich nach drei Seiten. In erster Linie wird das Bürgerthum ins Auge gefasst. Wie Diderot einzelne Stände in typischen Vertretern vorführen will, den Hausvater, den Richter, so verfolgt auch Lenz ein festes ständisches Princip. Aber nicht das honnête, sondern das gefährliche malhonnête eines Standes, seien es Soldaten, sei es das Hofmeisterthum, will er darstellen, um es zu brandmarken. Mit Diderot verbindet ihn ferner die moralische, didactische Absicht. Seine zwei bedeutendsten Dramen sind tendenziöse Illustrationen zu Lehrsätzen und Reformplanen.

Aber, und darin liegt Lenzens Eigenart, die Technik ist nicht die Diderotsche, sondern Shakespeares Technik, nur viel freier, abgerissener, auf bürgerliche Stoffe übertragen. Lenz mischt zwei Stilgattungen, die Goethe streng aus einander hält. Allgemeinere Fingerzeige gebe ich in meiner Monographie über Heinrich Leopold Wagner. Ehedem war die Bürgerstube schlechthin der Schauplatz und ein Wechsel vollzog sich nur im Zwischenact — jetzt stellt Lenz alles ohne Noth recht geflissentlich auf den Kopf. Der planmässig aufbauende Verstand fehlt. Alles sprunghaft, wuchernde Episoden, ein buntes Gewühl von Personen, 'die Handlung hie und da', kurz: ein bürgerlicher 'Raritätenkasten'!

1772 schreibt er an einer Tragödie; man hat an den 'Hofmeister', vielleicht in anderer Form, zu denken. Es erscheinen nach einander der Hofmeister, Der neue Menoza 1774, Die Freunde machen den Philosophen (in den Briefen an Boie 'Strephon' genannt), Die Soldaten 1776, Der Engländer 1777.

Für den neuen Menoza regte ihn der Roman des Dänen Erich Pontoppidanus 'Menoza, ein asiatischer Prinz, welcher die Welt umher durchzogen, Christen zu suchen, aber des Gesuchten wenig gefunden' an. Wie Schiller den Liebling der Genies Rousseau aus Christen Menschen werben lässt, so reist Lenzens Prinz Tandi nicht als naiver Hurone, sondern als ein von Rousseau begeisterter Menschenfischer. Der cumbanische Prinz erstickt fast in dem Sumpfe des gebildeten, aufgeklärten Welttheils, wo er statt Menschen nur Larven sieht: 'was ihr Empfindung nennt, ist verkleisterte Wollust; was ihr Tugend nennt, ist Schminke, womit ihr eure Brutalität bestreicht'. Aber dieser Schrei nach Natur verhallt in dem tosenden Wirrwarr des Stückes, in welchem alles unwahrscheinlich, unnatürlich, grass vorgebracht wird. Lenz nannte seine Stücke aus Grille Komödien, weil er die Verfratztheit der dem höheren Trauerspiel nach seiner Meinung entfremdeten Zeit in einem Gemisch von Komik und Tragik abspiegeln wollte. Er vermeidet deshalb gern den tragischen Ausgang, streift aber hart daran, um in seinem warnenden Lehrtone die Gefahren bloss zu legen. Hier spielt er mit dem Motiv der Geschwisterehen und arbeitet nur in den Episoden mit Kinderaustausch, Gewaltthaten, Morden, Federmessern und Stricken. Furchtbare Caricaturen sind Graf Camäleon und Donna Diana, eines der Zerrbilder der unerreichbaren Orsina. Diana und Gustav machen Adelheid und Franz aus dem Götz kläglich Concurrenz. Erträglicher geben sich die lose eingefügten Scenen, wo in dem albernen, blasierten Baccalaureus Zierau die Leipziger Schöngeister mit ihrer Schwärmerei für die entthronten Litteraturgrössen, für Wielands 'goldenen Spiegel' und den verhassten Begriff 'Schöne Natur' gestriegelt werden. Ins Püppelspiel will der launige Bürgermeister Zierau den verbildeten Sohn schicken. Aufs Marionettentheater gehören allerdings die meisten Drahtpuppen dieses

Stücks, auch der weise Magister Beza. Am besten gelingen immer die Familienscenen und gemischte Charactere wie Herr von Biederling. Warum Lenz die Handlung wohl nach Naumburg verlegt hat? — Schlosser gieng allen Ernstes auf eine Besprechung der Komödie ein und Lenz verfasste eine lange Selbstanzeige, erlitt aber nach dem grossen Erfolge des Hofmeisters ein wohlverdientes Fiasco. Die Strassburger, für Excentricitäten nie empfänglich, schauderten vor diesen Bocksprüngen des Genies, wenigstens berichtet Petersen, das Stück werde 'von männiglich in die unterste Hölle verdammt'; der Lauterburger Frey meint in einem gleichfalls ungedruckten Briefe, die Träume eines betrunkenen Wilden könnten nicht verrückter sein, und der sonst so leicht hingerissene Schubart, der wie ein Geier auf das neue Stück seines Lieblings gestürzt war, hatte 'schier's Erbrechen bekommen', so albern und kindisch erschien ihm das Werk. Lenz, immer zügellos und darum nur ein halber Dichter, meinte als Genie jeder besonnenen Kritik, Oekonomie und Effectberechnung überhoben zu sein. Dunkle Wolken schieben und jagen durch einander, die nur dann und wann ein heller Sonnenstrahl durchbricht. Sein poetischer Haushalt gleicht der Misswirthschaft eines jungen Verschwenders. Ungemünzt verschleudert er sein edles Metall. 'Lenz verspritzt vor Genie' sagte schon Lavater.

Kaum besser steht es um die Komödie 'Die Freunde machen den Philosophen', die er im Februar 1776 an Boie schickte. Wo bleibt der Philosoph? hätte Moses Mendelssohn fragen können, der sich darüber lustig machte, dass in Rousseaus Neuer Heloise der luftige St. Preux beständig 'der Philosoph' genannt wird. Das Stück spielt in Spanien und Frankreich, behandelt aber in der manieriertesten Weise Lenzsche Erlebnisse und Wahnvorstellungen, welche sich an wirkliche Vorgänge und Eindrücke wie phantastische Schnörkel anhängen. Reinhold Strephon, der arme deutsche Weltweise, der sich für seine Freunde und dumme Adelige opfert, dem sein Vater weder Nachrichten noch Geld schickt, der in Liebe zu einer reichen, vornehmen Dame schmachtet, ist natürlich Lenz selbst. Er fühlt sich matt und 'abgeritten', hochmüthig vernachlässigt von denen, die er mit aller Offenheit seines Herzens gefördert hat. Er möchte 'in Krieg', wie so viele Sturm- und Dranghelden. Auch die Liebe thut ihm nur weh, er sagt dies in einem schönen Bilde: sie war wie ein Mairegen, der auf einen kalten Felsen giesst und dem nicht ein einziges belohnendes Veilchen nachkeimt. Die persönliche Beziehung drückte Lenz deutlich durch die Wahl des Namens aus, und zwar des wohlklingendsten seiner Vornamen, Reinhold; der Rufname war Jakob. Kleist tritt als der freche, sittenlose Dorantino auf, für den Strephon Verse an eine Rosalinde verfasst. Dorantino will ihn nicht ziehen lassen und peinigt ihn: 'er hat Aufträge ohne Ende an mich, beleidigt meinen Geschmack und Gefühlszärtlichkeit so unaufhörlich, dass ich kein ander Mittel sehe mich seiner einmal zu entledigen, als dass ich Händel mit ihm anfange' sagt Strephon - Lenz. Aehnlich versorgt er den trefflich gezeichneten alten, steifen Spanier Don Alvarez, der nicht lesen und schreiben kann, mit Briefen und witzigen Einfällen, aber er liest auch gleich Lenz fremde Briefe, die der angebeteten Seraphine, d. h. Henriette von Waldner — an Frau Sarasin ist in keiner Weise zu denken — gehören. Wir besitzen ja auch Gedichte wie 'Strephon an Seraphine'. Für den Arist schwebte vielleicht Salzmann vor. — Viele Scenen sind mir immer ein verschlossenes Buch geblieben, und ich kann mit Tieck trotz einigen dramatischen Situationen und Abschlüssen nicht begreifen, warum ein Künstler vom Range Schröders dieses zerfahrene, anfangs trockene und lahme, dann enthusiastisch überspannte Drama so ins Herz schloss. Die Personen handeln meist nach barocken Launen. Seraphine wirft ein kostbares Schmuckkästchen ins Meer, weil es ihr Spass macht. Strephon bringt als Stück im Stück die verzerrte Geschichte der Ninon zur Aufführung, ohne dass wir die Nothwendigkeit oder nur Berechtigung zu einem solchen dem Hamlet' nachgeahmten Einschiebsel sehen, denn es fängt sich niemand in der Mausefalle und die Beziehungen auf das Problem des Stückes sind ganz flüchtig, obwohl Strephon ein paarmal aus der Rolle fällt und Seraphine ohne rechten Grund sehr bewegt wird. Das Problem aber gibt einen neuen Beweis dafür, wie keck Lenz mit den ernstesten Motiven umspringt. Man hat das Drama oft ein Seitenstück zu Goethes' 'Stella' genannt, wo am Schlusse zwei Frauen einen geliebten Mann umarmen, eine liebeglühende Schwärmerin und eine ruhigere Seelenfreundin. Näher liegt der boshafte Gedanke an Nicolais Wertherparodie, welche den guten Albert zu Gunsten des überlegenen, feurigen Nebenbuhlers bescheiden zurücktreten lässt. Seraphine heiratet; der verzweifelnde Strephon will sich im Brautgemach erschiessen, aber der freundliche Gatte Don Prado erklärt mit rührender Selbstlosigkeit: 'ich will den Namen eurer Heirath tragen'. Als Strohmann erhebt er Strephon zum glücklichen Cicisbeo und räumt ihm schleunigst alle ehelichen Rechte ein. Strephon schliesst begeistert: 'O welche Wollust ist es, einen Menschen anzubeten!' Der Baron Siegfried von Oberkirch würde sich für diesen philosophischen Vorschlag schönstens bedankt haben.

Aber es waren immerhin Vorwürfe, die Lenz innerlich beschäftigt hatten. Auch das Dramolet 'Tantalus', das Goethe am 14. September 1776 las, eine exaltierte Huldigung an die Herzogin Luise verbunden mit dem Gedanken an die unerreichbare Geliebte, ist wirklich empfunden. Lenz ahnte seinen Fall. Schon hatte Goethe versucht, ihn fortzuwinken; das volle Verständnis dieses wohlgemeinten Rathes gieng ihm freilich zu spät auf. 'Erhebet ein Zwist sich, so stürzen die Gäste, geschmäht und geschändet, hinab in die Tiefe'. Juppiter ist Karl August, Juno Luise, Apoll Goethe, Merkur Wieland, Tantalus-Ixion Lenz. Leidenschaftlich und gross tönt der mächtige Monolog des Göttergastes, bitter das Wort, er sei nur da den Göttern zur Farce zu dienen. Seltsam, wie Lenz im Eingang sein verlegen lächerliches Benehmen bei Hofe schildert. Nach Weimar weist auch 'Der Engländer'. An diese 'dramatische Phantasey', wie es auf dem Titel heisst, sind die tollsten Vermuthungen angeknüpft worden. Erlebt ist nur das Motiv der Liebe zu einer unnahbaren hohen Frau. Aber alle diese Lords, Prinzessinnen, italienischen Buhlerinnen, diese Nachtschwärmereien und der Selbstmord mit der Scheere sind eben nichts als ungreifbare Hirngespinnste, hingewühlte 'Phantaseyen'. Unheimlich ahndevoll schildert Lenz in der Figur Robert Hots eine zerstörte Seele, deren sich bald der volle Wahnsinn bemächtigt. Das ebenso beliebte, als triviale Urtheil 'verrückt' stellt sich diesen verfratzten Figuren gegenüber nur zu leicht ein. — Eine kleine Skizze 'Die beiden Alten', zuerst durch Kayser in den 'flüchtigen Aufsätzen von Lenz' veröffentlicht, hat einiges mit Schillers 'Räubern' gemein.

Massvoll bleibt zumeist die Sprache. Klingers Kraftstil liegt Lenz fern. Centnerworte und Tiraden werden sparsam angebracht. Allein der 'neue Menoza' zeigt, namentlich in den wüsten Reden der Diana, schlimme sprachliche Unarten.

Ungleich höher stehen die beiden übrigen Komödien, an denen man immer Lenzens eigentliche Richtung wird studieren und erklären müssen.

Wie in den Tagen der Romantik verwirrten sich damals im Leben und Dichten die ethischen Begriffe. Es genügt auf die Irrgänge Bürgers und Sprickmanns, auf die 'Stella' und 'Die Freunde machen den Philosophen' zu verweisen. Um das Laster im Drama zu geisseln und bestimmte moralische Sätze als Summe daraus ziehen zu können, scheuen die Wagner und Lenz das Roheste, Schmutzigste und Gewagteste nicht. Und wenn das Publikum solche poetische Pferdekuren ablehnt, schreien sie Wehe über das verzärtelte, tugendlallende Zeitalter, dessen durch Operettchen und derlei schwächliche Zuckerkost verwöhnter Magen die Kraftbrühen der Natur nicht mehr vertragen könne. Nach einer grobrealistischen Darstellung des Falles und Kindesmords ruft der eine: Mütter, hütet Eure Kinder besser! Der andere kramt alle widerlichen Ausschreitungen des Officierslebens aus und predigt: das sind die Folgen von der Ehelosigkeit der Herren Soldaten! Es ist ein eigenthümliches Schauspiel, wie diese jungen Solonen im Drama pädagogische Vorlesungen halten und Moral docieren, um eine Scene weiter nicht ohne Behagen die bedenklichsten Dinge aufs Tapet zu bringen, alles natürlich nur ihrer sittlichen Reformtendenz zu Liebe, jenem Mässigkeitsapostel vergleichbar, der sich des abstossenden Beispiels wegen öffentlich betrank. Noch immer steckt ein Rest der criminalistischen Abschreckungstheorie Lillos und Moores im Drama.

Die Liebe ist ein verwirrendes, zerstörendes Element. Nur zu oft wird sie nicht als seelische Leidenschaft, sondern als gemeinsinnliche Begehrlichkeit aufgefasst. Dazu tritt als ein Hauptthema der Conflict der Standesunterschiede. Ich darf wieder für die grosse, sehr verschiedenartige Entwicklung bei den Engländern, Lessing, Goethe, Diderot, Wagner, Gemmingen, Schiller u. s. w. auf die demnächst erscheinende neue Auflage meines 'Heinrich Leopold Wagner' verweisen. All zu viel wird von einigen mit Verführung und Gewalt gewirthschaftet. Mit Recht hat ferner Hebbel das Aufgehen der früheren bürgerlichen Dramen in ständischen Conflicten getadelt. Das Bürgerhaus ist wie eine Hürde, der von der Annäherung jedes adeligen und soldatischen Wolfes Gefahr droht.

Die Standesunterschiede spielen der Neuen Heloise entsprechend auch im 'Hofmeister' eine Rolle. Es ist das alte Thema von Abälard und Heloise. Der junge Läuffer, ein frisch von der Leipziger Universität kommender, leichtfertiger armer Predigerssohn wird Hofmeister in einer adeligen Familie zu Insterburg. Die stolze Majorin von Berg und ihr Günstling, ein aufgeblasener Graf, behandeln ihn als verachteten Dienstboten. Aber mit der Tochter liest er Romeo und Julie und die Neue Heloise. Obwohl Gustchen heimlich ihrem Vetter Fritz verlobt ist, vertiefen sich Lehrer und Schülerin nur allzu sehr in das Schicksal von St. Preux und Julie d'Etange. Sie fallen und fliehen getrennt. Läuffer rettet sich zu dem Schulmeister Wenceslaus, wird jedoch später vom Major überfallen und durch eine Kugel verwundet. Eines Tages geht ein altes Weib mit einem Kinde vorbei, das er als das seine erkennen muss. Es ist Frau Marthe, zu der sich Gustchen geflüchtet hat. Diese will den Tod im Teiche suchen, aber zur rechten Zeit stürzt ihr Vater zur Rettung herbei. Läuffer, von jener Begegnung überwältigt, combabisiert sich zum völligen Abälard, was ihn nicht hindert, bald darauf ein schmuckes Bauermädel Lise zu heiraten. Fritz hat unterdessen mit seinem Landsmanne Pätus auf den Universitäten Halle und Leipzig allerhand Verwicklungen, darunter eine längere Schuldhaft, durchzumachen, die durch die Ränke eines albernen Laffen von Seifenblase und seines Hofmeisters noch verschärft werden — aber die Bedrängnisse schwinden, als Pätus das grosse Loos gewinnt. Sie eilen heim. Ende gut, alles gut: Fritz heiratet Gustchen, Pätus die von ihm verführte Tochter des Musicus Rehaar, Marthe wird als die verstossene Mutter des reuigen alten Pätus erkannt.

Dieser Rattenkönig der anstössigsten Geschichten soll nach dem Zusatz des Titels 'die Vortheile der Privaterziehung' lehren; programmgemäss beschliesst der glückliche Stiefvater Fritz das Stück mit den Worten:

'Dies Kind ist jetzt auch das meinige; ein trauriges Pfand der Schwachheit deines Geschlechts und der Thorheiten des unsrigen: am meisten aber der vortheilhaften Erziehung junger Frauenzimmer durch Hofmeister.

Major. Ja mein lieber Sohn, wie sollen sie denn erzogen werden?

Geh. Rath. Giebt's für sie keine Anstalten, keine Nähschulen, keine Klöster, keine Erziehungshäuser — — doch davon wollen wir ein andermal sprechen.

Fritz (küsst's abermal). Und dennoch mir unendlich schätzbar, weil's das Bild seiner Mutter trägt. Wenigstens, mein süsser Junge! werd' ich dich nie durch Hofmeister erziehen lassen'.

So lehret die Fabel. Und der Leser staunt, welch ein Apparat beleidigender Unsittlichkeit arbeiten muss, damit zum Schlusse als winziges Mäuslein eine so dürftige praktische Vorschrift hervorkriechen möge. Alles wird ausgeglichen, so unbefangen, wie nur noch in der unglaublich naiven 'Schwedischen Gräfin' Gellerts. Ueber die schlimmsten Fehltritte drückt man gern ein Auge zu. Der Major verzeiht, Rehaar verzeiht, Fritz verzeiht. Das berühmte 'darüber kann kein Mann weg' des Hebbelschen Secretärs ist ihm noch unbekannt. Er sieht Gustchen durch sein eigenes Säumen vollauf entschuldigt und durch ihren Fall, ihre Reue nur werther, heiliger geworden. Im Hintergrund steht als besonnener, welterfahrener Moralist, Fritzs Vater, der Geheimerath von Berg, der immer mit klugen Glossen und Rathschlägen bei der Hand ist. Gleich im ersten Act führt er mit dem alten Läuffer ein langes Gespräch über das Hofmeisterthum.

Nach dieser Seite und in der nackten, natürlich sein sollenden Vorführung aller Fehltritte ist das Stück so wenig zu retten, wie nach Seiten der Composition, die wiederum ein planloses Durcheinander darstellt. Ueberall fehlt der Kitt. Bald sehen wir Läuffer und Gustchen heimlich beisammen, bald den Major an der Gartenarbeit, bald den verschuldeten Pätus bei sengender Hitze im Pelz, seinem einzigen Kleidungsstücke, zur Vorstellung der Minna von Barnhelm laufen. Viele Scenen liessen sich beliebig umstellen. Läuffer verschwindet für die übrigen Personen. Andere lässt Lenz nach einmaligem Auftreten fallen. Von Skizzen und Scenarien war bei ihm gewiss keine Rede. Wenn er einmal von einem Plane berichtet, die 'Catharina von Siena' sei schon in seiner pia mater fertig, es bedürfe nur des Niederschreibens, so erfahren wir, dass er sich seine Stoffe nur im Kopfe zurecht legte, um dann munter darauf los zu schaffen Bei diesem raschen Wechsel der Bilder ist es mir immer, als hörte ich das lustige 'Schau sie, guck sie' und sähe Lenz zwischen den getrennt stehenden Personen oder Gruppen behend hin und her springen, Auf einer Seite dreimaliger Scenenwechsel. Kaum hält er bei einem still, so fällt ihm ein, was wohl gerade der andere macht. Der Zuschauer soll alles sehen; so will es die missverstandene englische Technik. Da haben wir wieder den 'Schöneraritätenkasten'.

Welches Leben aber in seinen Figuren! Weil Lenz nach dem Leben zeichnete, hat er lebendige Menschen geschaffen. Am wenigsten individualisiert sind Läuffer, Gustchen, die Vertreter des Lehrhaften und die adelige Sippschaft, die nicht viel über die Characteristik der Frau Gottsched und des ganzen älteren Lustspiels hinausreicht. So wenig am Platze einzelne Episoden sind, welche derbrealistische Färbung in den Scenen zu Halle, in dem Geschwätz der Damen, dem Gezänk zwischen Pätus und seiner Wirthin! Lenz verwerthet Königsberger Erinnerungen. Der gutmüthige, ängstliche Rehaar, ein rührend komischer Schwächling, der wohl sein 'Lautchen' im 'Concertchen' mit dem jungen 'Bergchen' spielt, aber den Degen nicht zu rühren weiss und auch häusliche Verwirrungen mit leichtsinniger Herzensgüte begleicht, ist nachweislich ein Portrait aus der Königsberger Studentenzeit. Mit wenigen Strichen zeichnet Lenz den dummen Dorfbarbier Schöps, sorgsamer und mit unverkennbarer Vorliebe den launigen Pedanten Wenceslaus, eine unübertreffliche Gestalt. Wohlwollend und doch gravitätisch nimmt er sich Läuffers an. Er behandelt alles mit behaglicher, selbstgefälliger Breite und verbrämt seine Rede mit weisen allgemeinen Anmerkungen. Der Mann hat aber auch Galle und versteht es kräftig sein Hausrecht zu wahren. Ganz köstlich ist seine Freude über den zweiten Origenes, dem er trotz seinem von fleischlichen Gelüsten schon freien Alter gar zu gern nachfolgen möchte; tragikomisch seine Entrüstung, als er das auserwählte Rüstzeug Gottes — proh deûm atque hominum fidem — zu seiner schmerzlichen Enttäuschung so schmählich abgefallen findet. Er kommt nämlich hinzu, als Läuffer die hübsche Lise küsst. Seit der 'geliebten Dornrose' des Andreas Gryphius hatte die deutsche Dichtung kein so liebliches Landmädchen gesehen. Lenzens, leider muss man auch sagen, Läuffers Lise ist eine der besten Naiven, welche unser Drama überhaupt aufzuweisen hat. Mit den falschen Gurlis hat sie nichts zu thun, auch ist sie unbefangener, kindlicher, weniger träumerisch als etwa Ifflands Margarethe. Auch hier bewunderungswürdig Lenzens Kunst, mit wenigen Worten volle Anschaulichkeit zu erreichen. Wenceslaus hat seinem Hausgenossen eben vorgehalten, er schiele in der Kirche zu viel nach den Mädels — da kommt Lise selbst, ohne einen anderen Zweck im Grunde, als den unbewussten, sich dem Herrn Läuffer, oder Mandel, zu nähern:

'Ich komme, Herr Mandel — Ich komme, weil Sie gesagt haben, es würd' morgen keine Kinderlehr — weil

Sie — so komme ich — gesagt haben — ich komme, zu fragen, ob morgen Kinderlehre seyn wird'. Eine Bemerkung Läuffers über ihr Haar macht sie verlegen, dann aber plaudert sie munter von den zwei Freiern, die sie schon gehabt hat, und wie neidisch Schafwirths Grete gewesen sei, der eine war gar Offizier, aber sie noch zu jung; auch sind ihr die Soldaten zu 'puf paf' und die manierlichen studierten Herren lieber: 'wenn die geistliche Herren in so bunten Röcken gingen, wie die Soldaten, das wäre zum Sterben'. 'Würdest du wohl —' hat Läuffer nur begonnen, da fällt sie schon ein: 'O ja, von ganzem Herzen', aber, eine echte Dorfschöne, wehrt sie den Handkuss mit den Worten ab 'O lassen Sie, meine Hand ist ja so schwarz' und duldet den Kuss auf die rothen Lippen nur mit einem nicht bös gemeinten: 'O pfui, Herr, was machen Sie'? Da poltert Wenceslaus dazwischen und flucht dem Verführer, doch Lise fleht kniend: 'Lieber Herr Schulmeister, er hat mir nichts Böses gethan'. Heute, wo die Naiven und Backfische eine wahre Landplage geworden sind, könnte dieser Ton leicht abgebraucht und trivial erscheinen, damals ist es eine ganz frische Beobachtung. Lenz führt damit eine neue Gattung ein. Ausser Goethe hätte damals niemand die liebe ländliche Einfalt so wahr und ohne alle maskeradenartigen und sentimentalen Entstellungen der Millerschen und anderer Bauernlieder abbilden können.

In der Figur des Majors dagegen bewundern wir nicht so sehr die Neuheit, als die lebenswahre Mischung ererbter Elemente. Seine Liebe zur Tochter und den bärbeissigen Ton hat er von Lessings Odoardo, seinen Spleen und das Poltern aus dem humoristischen Romane der Fielding und Smollet. Grimmig und zärtlich, jähzornig und leicht gerührt, stolz und doch etwas Pantoffelheld und vertraulich auch gegen Läuffer, ein alter Haudegen und doch oft so müde, wirr, lebenssatt. Also 'gemischte

Empfindungen', wie sie Eckhof an Lessings Stücken liebte. Diesen Widerstreit nun der Gefühle sucht Lenz im Ausdruck durch das Aufeinanderplatzen kämpfender, schnell schwindender Stimmungen und den plötzlichen Farbenwechsel des Tones wiederzugeben. Roh oft, aber doch mit einer natürlichen, genialen Kraft. Berg hat (4,5) seine entehrte Tochter aus dem Teiche gezogen, Wuth über die Schande und Freude über die Rettung des Lieblings ringen in ihm:

'Major. Da! — (setzt sie nieder, Geheimer Rath und Graf suchen sie zu ermuntern). Verfluchtes Kind! habe ich das an dir erziehen müssen! (kniet nieder bei ihr) Gustel! was fehlt dir? Hast Wasser eingeschluckt? Bist noch mein Gustel? — Gottlose Kanaille! Hättst du mir nur ein Wort vorher davon gesagt; ich hätte dem Lausejungen einen Adelbrief gekauft, da hättet ihr können zusammen kriechen. — Gott behüt! so helft ihr doch; sie ist ja ohnmächtig (springt auf, ringt die Hände; umhergehend). Wenn ich nur wüsst', wo der maledeite Chirurgus vom Dorf anzutreffen wäre! — Ist sie noch nicht wach?

Gustchen (mit schwacher Stimme). Mein Vater!

Major. Was verlangst du?

Gustchen. Verzeihung.

Major (geht auf sie zu). Ja verzeih dirs der Teufel, ungerathenes Kind. — Nein, (kniet wieder bei ihr) fall nur nicht hin, mein Gustel — mein Gustel! Ich verzeih dir; ist alles vergeben und vergessen — Gott weiss es: ich verzeih dir — Verzeih du mir nur! Ja aber nun ist's nicht mehr zu ändern. Ich habe dem Hundsfott eine Kugel durch den Kopf geknallt.

Geh. Rath. Ich denke, wir tragen sie fort.

Major. Lasst stehn! Was geht sie Euch an? Ist sie doch Eure Tochter nicht. Bekümmert Euch um Euer Fleisch und Bein daheime (er nimmt sie auf die Arme). Da Mädchen — Ich sollte wohl wieder nach dem Teich mit dir — (schwenkt sie gegen den Teich zu) aber wir wollen nicht eher schwimmen als bis wir's Schwimmen gelernt haben, mein' ich. — (drückt sie an sein Herz). O du mein einzig theuerster Schatz! Dass ich dich wieder in meinen Armen tragen kann, gottlose Kanaille! (trägt sie fort)'. —

Schröder wagte es dieser dankbaren Figur zu Liebe, das Stück im Juni 1778 auf die Hamburger Bühne zu bringen. Die Umarbeitung, welche geschickt das Liebesverhältnis zwischen Läuffer und Gustchen in einer langsameren Entwicklung vorführte und natürlich die schlimmsten Auftritte ganz umstiess, ist uns nicht erhalten. Sie konnte trotz dem hinreissenden Spiel Schröders, grossartig vor allem in den Scenen der Entdeckung und Rettung, keinen Erfolg haben. Demoiselle Ackermann theilte den schauspielerischen Sieg.

Der 'Hofmeister' machte Lenz mit einem Schlage berühmt. Die meisten glaubten zuerst, Goethe sei der Verfasser, denn dieser allein im Götz hatte sich bisher die kühne Historienform Shakespeares angeeignet. Rudolf Boie nannte das Stück das beste deutsche Lustspiel und setzte es auf eine Stufe mit Lessings 'Minna von Barnhelm'. Auch ruhige, ja fast geniefeindliche Recensenten, lobten es als das 'Werk eines grossen Genies voll shakespearescher Intuition'. Und die Journalisten der Partei wussten sich vor Entzücken gar nicht zu fassen. Wir wollen wenigstens einen, Schubart, hören, der nur den 'alten Schurk' Pätus nicht leiden mag und über die Heiraten den Kopf schüttelt:

'Ich kann's allen aufgeklärten Deutschen zumuthen, dass sie diese neue ganz eigenthümliche Schöpfung unsers Shakespeares, des unsterblichen Dr. Goethe, schon werden gelesen, empfunden, angestaunt haben. Kann's ihnen auch zumuthen, dass sie keinen Cicero brauchen, der ihnen die göttliche Natur dieses deutschen Torso anatomire. Aber dir, Landsmann Schwabe! und dir, Nachbar Bayer!

muss ich dies Werk vorlegen, mit der Faust d'rauf schlagen und dir sagen: Da schau und lies! Das ist 'mal ein Werk voll deutscher Krafft und Natur. So must dialogiren, die Situationen anlegen, die Charaktere bearbeiten, wenn Du ein ächter Deutscher seyn — wenn du auf die Nachwelt kommen willst. Sind gleich die drey Einheiten des Aristoteles, diese Krücken für Lahme, nicht mit französischer Aengstlichkeit beobachtet worden, so entschädigt dich davor die ganze Zauberey des Genies, der volle Strom der Leidenschafft, altdeutsche Krafft und Macht — Das ist Parenthyrsus, meynst du? So komm doch und lies nur! wirst bewundern'..... Derselbe Enthusiast sagt unmittelbar darauf, im Clavigo aber sei Goethes Genie auf Brennnesseln eingeschlafen. Er steht mit diesem Geschmack nicht allein, wünschte doch selbst der kritische Merck, der den Clavigo einen Quark nannte, den Hofmeister verfasst zu haben.

Hatte Lenz hier der Privaterziehung einen Fehdehandschuh zugeworfen, so nahm er es 1775 mit einem ihm verhassten privilegierten Stande, mit dem geborenen Feinde bürgerlicher Sitte und Wohlfahrt auf. 'Die Soldaten' heisst die Komödie, über deren Entstehung uns die Briefe an Herder mit der grössten Wichtigkeit und Geheimniskrämerei belehren. Strassburger Vorfälle liegen zu Grunde, ausser jenem Kleistschen Handel wahrscheinlich noch ein zweites nicht festzustellendes Ereignis. Ein Kaufmannshaus wie jenes auf dem Paradeplatz, die Eltern, zwei Töchter, ein abgewiesener Freier der jüngeren, Marie, Namens Stolzius, Desportes als Galan, später durch Mary abgelöst, mehr im Hintergrunde der Feldprediger Eisenhardt-Lenz, der unerschütterlich die Officiere zu ihrer Pflicht peitscht. Dazu eine verständige, milde Gräfin, deren Sohn sich ebenfalls flüchtig in Marie verliebt, der brave Obrist, eine Anzahl Lieutenants und eine Reihe episodischer Figuren. Die bürgerlichen sind weitaus die besten. Vater Wesener hat etwas von der Frau Millerin, er fürchtet Unrath von dem Besuch des Herrn Barons, wehrt die Präsenter aber nur halb ab und fühlt sich sehr geschmeichelt, dass seine Tochter solches Ansehen findet. Eine promesse de mariage beruhigt ihn. Als er bei ihr Verse entdeckt, welche — vielleicht übereinstimmend mit einem Lenzschen Carmen für Kleist — beginnen: 'Du höchster Gegenstand von meinen reinen Trieben', ist er gleich von der ‚honnetten Gesinnung' Desportes' so überzeugt, wie Frau Miller davon, dass es Ferdinand nur um die schöne Seele Luisens zu thun sei. Die Mutter tritt in den meisten dieser Stücke sehr zurück. Die ältere Schwester Charlotte wird weniger beachtet, sie ist offenbar nicht so hübsch, wie die verzogene Marie, und darum etwas verbittert. Es gibt häufig Hader zwischen den beiden, Marie braust auf, Charlotte wirft verletzende Bemerkungen hin, welche Marie heftig erwidert. Canaille — canaille vous même geht es hin und her. Dieser geschwisterliche Zank wird sehr lebendig geschildert. Das hübsche, eitle, leichtfertige Mariel zeugt wieder für Lenzens vortreffliche Beobachtung des Lebens. Glücklich hat er auch die Verhältnisse des nicht ungebildeten Strassburger Bürgerhauses in eine niedrigere Sphäre herabgedrückt. Aber der freie Ton, der allzu leichte Verkehr mit den Officieren, die Neckerei mit einer verlegenen Freundin, das Herumschäkern und Lärmen zwischen Marie und Desportes entspricht den Berichten des 'Tagebuches'. Ueber Beaumarchais' Eugenie würde die kleine kokette Schmeichelkatze, die mit der Orthographie auf gespanntem Fusse lebt und für einen Brief an 'matamm' Stolzius die widerwillig gewährte Hilfe der Schwester in Anspruch nehmen muss, freilich nicht mitreden dürfen. In das leichtsinnige Treiben, das seit Desportes' Geschenken und einem heimlichen Besuch der Komödie schnell bergab geht, krächzt die alte Grossmutter prophetisch das Volkslied vom 'Rösel aus Hennegau' hinein:

O Kindlein mein, wie thuts mir so weh,
Wie dir deine Aeugelein lachen,
Wenn ich die tausend Thränelein seh,
Die werden dein' Bäckelein waschen.

Nachdem Marie einmal ihren braven bürgerlichen Verlobten verlassen hat, um sich an einen Wüstling im bunten Rock zu hängen, wandert sie aus einer Hand in die andere; selbst die mütterliche Fürsorge der Gräfin La Roche vermag sie nicht zu retten. Sie sinkt ins Elend, bis ihr Vater sie von der Strasse aufrafft, und ein stürmisch bewegtes Wiedersehen ohne Worte das Stück mehr abbricht, als abschliesst. Hier, wo Lenz die Miene eines Sittenpredigers in der Wüste annimmt und die bürgerliche Familie vor frechen Gewaltthaten warnen will, neigt er nicht mehr zu der raschen Verzeihung, wie im Hofmeister. Die Verführer sterben durch Gift aus der Hand dessen, dem sie sein Lebensglück geraubt haben. Stolzius tritt uns anfangs als ein schwacher Brakenburg entgegen. Er härmt sich ab und die entschlossenere Mutter sucht ihm vergebens in einer meisterhaften Scene die treulose unwürdige Geliebte aus dem Sinn zu reden. Lenz hat sich wirksame Situationen dadurch entgehen lassen, dass er Marie und Stolzius gar nicht zusammenführt. Um diese bürgerliche Tragödie schlingen sich eine Menge loser Soldatenscenen. Den ganzen Stand will Lenz in verschiedenen Vertretern vorführen, sich selbst als den über das schlimme Wesen empörten Mentor. Zugegeben, dass einzelne Figuren, wie der verrückte Narr Rammler, der mit einem alten Juden und der lächerlichen Madame Bischof zu den wunderlichsten Stelldichein vereinigt wird, und der confuse Philosoph Pirzel, von einem reichen Talent der Caricatur zeugen und in manchen dieser Possen Lenzens Fähigkeit, erlebte Spässe gröbster Art mit leichter, kecker Hand in ein dramatisches Bild zu drängen, hervortritt, so wird doch abgesehen von der Zusammenhangslosigkeit dieser Episoden jeder nur einigermassen gebildete Geschmack sich von diesem rohen Realismus und Cynismus mit Ekel abwenden. Einzelne geniale Scenen (1,1; 1,5; 3,2; 3,3; 1,6 mit dem ebenso sparsamen, als characteristischen Monolog Mariens) können dafür nicht entschädigen.

Die Einheit des Ortes rennt Lenz auch dies Mal verächtlich über den Haufen. Scenen, die nur aus wenigen Zeilen, ja Worten bestehen, aber einen verschiedenen Schauplatz haben, rasch hinter einander an uns vorbei zu hetzen, verursacht ihm gar kein Bedenken. Die skizzenhafte Manier verführt ihn gelegentlich zu einer nur andeutenden Einsilbigkeit. So besteht die fünfte Scene des vierten Actes nur aus Weseners Schrei: 'Marie fortgelaufen —! Ich bin des Todes', die gleichsam eine Antwort auf die vorausgehenden, aber in Armentières geäusserte Besorgnis Desportes' ist, Marie könne zu ihm fliehen, und auf Weseners Schreckensruf setzt in der sechsten Scene Mary mit der an Stolzius gerichteten Aufforderung ein: 'So lasst uns ihr nachsetzen zum tausend Element'. So abgerissen geht es weiter. Offenbar hat Lenz dabei die Absicht, die plötzliche Verschiebung der Situationen durch einige rasche grelle Blitze zu beleuchten. Anderswo liegt der Grund des schnellen Scenenwechsels in dem Streben, die Beziehungen möglichst zu verdeutlichen. Im Eingang schreibt Marie an Stolzius, in der zweiten Scene kommt der Brief bei dem armen Betrogenen an; 1,4 schilt Eisenhardt die sittenverderbende moderne Komödie, 1,5 kehrt Marie aus der Komödie heim u. s. w.

Lenz hat den Schauplatz nach Lille und Armentières verlegt. Wie sehr er an Strassburger Verhältnisse dachte, beweist die Flüchtigkeit, mit der er einmal die nur auf Strassburg passende 'Rheinluft' übersehen hat. Vielleicht spielte anfangs die Komödie hier. Die Hauptperson wartete 1775, wie es scheint, vergebens auf ihren Bräutigam, einen Officier; so berichtet Lenz an Herder 'sub juramento mysterii'.

Ich zweifle, ob man da noch an die Kleists denken darf und nicht vielmehr eine Verkettung verschiedener Vorfälle annehmen muss. Offenbar hatte Lenz die persönlichen Beziehungen so wenig verschleiert, dass er die Rache der Strassburger Officiere, seines Telemachs zumeist, fürchtete. Klinger musste deshalb dem Verleger die Erklärung abgeben, er, nicht Lenz sei der Verfasser. Er sollte dann auch den 'Engländer' auf seine Kappe nehmen.

Lenz begnügte sich nicht, das Soldatenleben und seine Gefahren für die bürgerliche Sitte zu geisseln oder den Moralisten Salzmann in Strassburg einen Vortrag über das Stück als Beitrag zur Strassburger Kinderzucht halten zu lassen, sondern fügte praktische Verbesserungsvorschläge bei, wie sie nur seinem Hirn entspringen konnten. Dem Herzog von Weimar wollte er eine Denkschrift über die 'Soldatenehen' überreichen, deren Programm er vorläufig in der Schlussscene zwischen dem Oberst und der Gräfin entrollt. Spannheim sagt echt lenzisch: 'O ich wünschte, dass sich nur einer fände, diese Gedanken bei Hofe durchzutreiben, ich wollte ihm schon Quellen entdecken'. Diese Gedanken sind die folgenden: 'Ich habe allezeit eine besondere Idee gehabt, wenn ich die Geschichte der Andromeda gelesen. Ich sehe die Soldaten an wie das Ungeheuer, dem schon von Zeit zu Zeit ein unglückliches Frauenzimmer freiwillig aufgeopfert werden muss, damit die übrigen Gattinnen und Töchter verschont bleiben', deshalb soll der König eine Pflanzschule von Soldatenweibern als staatlichen Märtyrerinnen anlegen; die Kinder gehören ihm. 'Die Beschützer des Staats würden sodann auch sein Glück seyn, die äussere Sicherheit desselben nicht die innere aufheben, und in der bisher durch uns zerrütteten Gesellschaft Fried' und Wohlfahrt aller, und Freunde sich untereinander küssen'.

Was Herder wohl dachte, als er den Schlussact redigierte?

Ein ähnliches bürgerliches Thema hat Lenz in seinem Roman 'Zerbin oder die neuere Philosophie' behandelt. Dieses unerfreuliche Werk, das einzelne Strassburger und Leipziger Eindrücke sehr verblasst wiedergibt, die Verführung einer Jungemagd durch einen jämmerlichen 'Philosophen' und ihre Hinrichtung wegen noch dazu nur vermeintlichen Kindesmords darstellt, erschien 1776 im 'Deutschen Museum', wo ein Jahr später auch der trockene lehrhafte 'Landprediger', eine Frucht des Emmendinger Aufenthalts, Aufnahme fand. Er denkt dabei an seinen nationalökonomisch thätigen Freund und Helfer Schlosser. Ich erinnere an Mercks 'Herrn Oheim'. Lenz, obwohl ein guter Prosaist, war als Erzähler nicht glücklich. Am interessantesten ist 'Der Waldbruder, ein Pendant zu Werthers Leiden'. Er schrieb das Fragment in der Berkaer Einsamkeit, um sich von der Erinnerung an Henriette von Waldner zu befreien, wie er in dieser Liebe befangen schon den lyrisch-epischen 'Petrarch' gedichtet hatte. 'Unser aller Heil liegt im Petrarch' rief er Kayser zu. Entworfen ward der Roman schon im März 1776 in Strassburg. Bruder Herz ist ein armer Schlucker, der von Lectionen sein Dasein fristet und bei der Wittwe Hohl haust, wie Lenz am Finkweiler im Hause des Metzgers Kress. Er spürt in fremden Briefen nach dem Character der Schreibenden. So verliebt er sich aus Briefen in die Gräfin Stella — diesen Namen empfängt hier Henriette nach dem Goetheschen 'Schauspiel für Liebende' — hält aber anfangs eine Frau von Weylach für die nie gesehene Geliebte und stiert sie überall an; erst in seiner Einsiedelei im Odenwald sieht er sie selbst, erfährt aber, dass sie mit dem älteren reichen Oberst Plettenberg verlobt ist. Er treibt einen andachtsvollen Cultus mit ihrem Bild. Ich habe nicht nöthig, Lenzens Erlebnisse und Einbildungen für jede Einzelheit heranzuziehen. Weimarer Eindrücke treten hinzu. Der Waldbruder schwärmt von einer glücklich unglücklichen Maskerade und vergleicht sich mit 'Ixion an Jupiters Tafel', ein ander Mal mit Werther, oder mit Idris. Bei der spöttischen Schatouilleuse — auch ein Wielandscher Name — hatte er vielleicht das Fräulein von Göchhausen, Thusnelda, im Auge. Für den Freund Rothe hat unverkennbar Goethe Modell gestanden. Stellen, wo Rothe dem 'Kleinen' zuruft 'Herz! Du dauerst mich!' oder schreibt, man freue sich in der Stadt über seine Briefe, lache aber über seine Art zu lieben, mögen wörtlich Goetheschen Billets entnommen sein. Aber das Bild Goethes ist verzerrt, zwar noch nicht zu der ganz unkenntlichen Spottgeburt in der Steinschen 'Dido', doch in dieser Richtung. Rothe gilt bei den Frauenzimmern, weil er leichtsinnig ist. Er lebt in einer beständigen Wandlung und wechselt Ruhe und Wohllust durch eine 'reizende Untreue' ab. Lenz will Goethes Lebensanschauung, nicht ohne ihm einen kleinen Stich zu versetzen, schildern:

'Ich lebe glücklich wie ein Poet, das will bei mir mehr sagen, als glücklich wie ein König. Man nöthigt mich überall hin und ich bin überall willkommen, weil ich mich überall hinzupassen und aus allem Vortheil zu ziehen weiss. Das letzte muss aber durchaus sein, sonst geht das erste nicht. Die Selbstliebe ist immer das, was uns die Kraft zu den andern Tugenden geben muss, merke Dir das, mein menschenliebiger Don Quischotte!' Oder er lässt Rothe sein Behagen über die vielen 'Eheknoten', die für ihn geschlungen werden, aussprechen und wie unendlich das bunte Spiel der Gesellschaft seinen inneren Sinn ergötze. 'Leichter Epicureismus' hält ihn immer über Wasser. Goethe besass die Handschrift; von ihm erhielt sie Schiller für die 'Horen'.

Zu seinem Nachtheil hat Lenz die Composition des Werthers aufgegeben und durch den Wechsel verschiedener Briefschreiber die Einheit des Tones gestört. Werthersche Ruhepunkte bieten die Aeusserungen eines tiefen

Naturgefühls, das sich in die Reize der Waldeinsamkeit und des idyllischen Landlebens versenkt und auch die Landbewohner liebend einschliesst. Auch die Schwärmerei und Leidenschaft des Ausdrucks reicht in einigen Briefen nahe an das Vorbild heran. Dazwischen irrlichteliert ein verstörter Weltschmerz. Mit einer fast unheimlichen Selbstbeobachtung weiss Lenz die Zerstörung seines eigenen Wesens zu schildern. Es ist die Klarheit mitten im Irrsinn, wenn er Rothe dem Waldbruder zurufen lässt 'du bist einmal zum Narren geboren' oder Plettenberg von 'Gemüthskrankheit' spricht. Plettenberg hat etwas von Don Prado, doch würde das Werk als Pendant zum Werther wohl einen tragischen Abschluss gefunden haben. Die Sprache ist meist durchsichtig und ruhig, um so nebelhafter die Handlung, um so ungeordneter die Composition. Es heisst im Werke selbst bezeichnend mit derselben dämmernden Selbsterkenntnis:

'Diese Geschichte ist aber so wie das ganze Leben meines Herzens ein unerträgliches Gemisch von Helldunkel, dass ich sie Ihnen ohne innige Aergerniss nicht schreiben kann'.

Diese Verworrenheit und diese zwischen Helle und Getrübtheit schwankende Sehfähigkeit schädigt auch seine Lyrik. Unstreitig lebt in Lenz eine rege lyrische Begabung und jene reiche Triebkraft, welche nur Durchlebtes aus den Tiefen des Herzens heraufholt. Das Derbe ist ihm geläufig, er wirft launige Matinées in Knittelversen hin, er spielt in burlesken Romanzen ('Piramus und Thisbe'), versucht sich auch, ohne Bürger zu erreichen, in der ernsten volksmässigen Ballade ('Geschichte auf der Aar') — doch das sind nur Nebensprünge seines beweglichen Talents, das die ganze Scala leidenschaftlicher Erregtheit durchlaufen hat:

Lieben, hassen, fürchten, zittern,
Hoffen, zagen bis ins Mark,

Kann das Leben zwar verbittern;
Aber ohne sie wär's Quark.

Er ist sinnlich ohne Lüsternheit, er findet rührende Klagelaute für seine Liebesschmerzen und sein gequältes, verfehltes Leben, sein Nachruf auf Cornelie Goethe trägt den Stempel einer rein empfundenen Nänie, seltener gelingt das kleine Lied, die 'Liebe auf dem Lande' enthält aber Stellen von inniger Einfachheit, ja, was sonst seiner Lyrik gebricht, von genrebildlicher Anschaulichkeit. Das glühende Verlangen und der stechende Schmerz, das rollende Glück nicht festgehalten zu haben, findet den leidenschaftlichsten Ausdruck in dem Gedicht 'Der verlorene Augenblick, die verlorene Seligkeit':

> Von nun an die Sonne in Trauer,
> Von nun an finster der Tag,
> Des Himmels Thore verschlossen;
> Wer ist, der wieder eröffnen,
> Mir wieder entschliessen sie mag?
> Hier ausgesperret, verloren,
> Sitzt der Verworfne und weint,
> Und kennt im Himmel auf Erden
> Gehässiger nichts, als sich selber,
> Und ist im Himmel auf Erden
> Sein unversöhnlichster Feind.

Er hat es versäumt, die strahlende Erscheinung kühn zu umarmen:

> Ach er ist hin, der Augenblick,
> Und der Tod mein einziges Glück.

> Dass er käme!
> Mit bebender Seele
> Wollt ich ihn fassen,
> Wollte mit Angst ihn

Und mit Entzücken
Halten ihn, halten
Und ihn nicht lassen,
Und drohte die Erde mir
Unter mir zu brechen,
Und drohte der Himmel mir
Die Kühnheit zu rächen,
Ich hielte dich, fasste dich
Heilige, Einzige,
Mit all deiner Wonne
Mit all deinem Schmerz,
Presst' an den Busen dich!
Sättigte einmal mich,
Wähnte du wärst für mich,
Und in dem Wonnerausch
In den Entzückungen
Bräche mein Herz.

Man wird bis jetzt diese Verse und die gedämpfteren 'Mit schönen Steinen ausgeschmückt' am besten auf Henriette beziehen, der eine Reihe anderer Lieder unläugbar zufällt; so bewegt sich 'Urania' ganz in den Ideen des Schlussactes von 'Die Freunde machen den Philosophen'. Auch die grösseren Gedichte 'Auf eine Papillote' u. s. w. lassen sich mindestens so gut in diesen Cyclus einschieben, als auf die Kaufmannstochter Araminte deuten. Klarer beschäftigen sich mehrere mit Frau von Stein und Cornelie. So ist Lenzens Lyrik wohl 'Ausfluss des Herzens' und insofern Gelegenheitsdichtung, und doch ist es im Gegensatze zu Goethe bei ihm so schwer, oft ganz unmöglich, diese Gelegenheit aus den Zeilen herauszulesen, da die plastische Kraft des Festhaltens und Gestaltens fehlt, dem umnebelten, schwimmenden Blick jedes Bild sich verschiebt und die erregt stammelnde Sprache das wahrhaft befreiende, beichtende Wort nicht findet. Vieles bleibt räthselhaft. Wir suchen oft vergebens den Schlüssel zum Verständnisse langer Versreihen. Lenz hat stets mehr erphantasiert als erlebt; so bewegt sich seine immer von den Schwingen einer reichen Einbildungskraft in die Höhe getragene Lyrik viel zu wenig auf dem Boden der Wirklichkeit; in die Wolken der Visionen entschwebt, blickt sie selten auf die Gegenwart, sondern ergeht sich in der hoffenden und fürchtenden Ausmalung der Zukunft, erwägt Möglichkeiten, nimmt sie als wirklich hin und baut darauf weiter. 'Wenn' 'wenn' 'wenn' — 'dann' 'dann' 'dann' phantasiert er, wie Klopstock, der auf seine Lyrik einen tiefen Einfluss geübt hat. Die 'Nachtschwärmerey' ist ganz in seiner Art. Der Gedanke des Todes kehrt immer wieder. Mit dem dithyrambischen Fluge paart sich bei ihm eine starke, bisweilen frostige Rhetorik, die fortwährend mit lauter Fragen, Ausrufen, Widerrufen, Häufungen arbeitet. Wie seine Liebeslyrik auch einfache Töne findet, so vereinigt auch seine geistliche Dichtung Dithyramben und Cantaten mit schlichten Strophen.

Dann und wann glückt es ihm, in wenigen Zeilen ein erschöpfendes Bild zu geben:

> Aus ihren Augen lacht die Freude,
> Auf ihren Lippen blüht die Lust,
> Und unterm Amazonenkleide
> Hebt Muth und Stolz und Drang die Brust:
> Doch unter Locken, welche fliegen
> Um ihrer Schultern Elfenbein,
> Verräth ein Seitenblick beim Siegen
> Den schönen Wunsch besiegt zu sein.

Wer könnte trotz dem 'Elfenbein' den Goetheschen Ton verkennen? Wie unklar muss dagegen ein Gedicht sein, das die Gelehrten streiten lässt, ob mit dem 'freundlichsten der Wirthe' der Actuar Salzmann, ein Flussgott oder eine Statue gemeint sei.

So sehr die Kraft und Fülle der Empfindung, die vieltönige Gewalt der Sprache, fast überall ein einzelnes überraschend glückliches, stimmungsvolles Wort, oft die metrische Gefälligkeit oder der Sturm ungestümer Rhythmen uns hinreissen, gebricht doch durchaus alle Feile und Läuterung. Nur zu häufig stören die prosaischsten Wendungen und metrische Härten. Schiller hat an Bürger getadelt, dass er nie die Klärung und Beruhigung abgewartet habe; auch Lenz warf alles mitten in der Gährung aufs Papier. Die Gedichte, die wir als umgearbeitet kennen, gehören zu den weitaus besten.

Sein lyrisches Vermögen war höchst bedeutend und originell. Er hat seine Kohlen nie aus fremdem Feuer geholt und nie sein Lied zu einem bunten Zierbeet gemacht, wie im achtzehnten Jahrhundert so manche ohne inneren Drang die lyrischen Moden mitmachten. Dass ihm die Vollendung fehle, hat er selbst in den Klagen 'Ueber die deutsche Dichtkunst' bekannt und gebeten, auf sein Grab möge sich kein Blick aus dem Reiche der Seligen, Shakespeares, Ossians, Homers verirren, damit seine Asche sich nicht empöre 'für Schaam, dass auch ich einst wagte zu dichten'.

Seine Gebrechen gibt das Geständnis eines Briefes sehr richtig wieder: 'Meine Gemählde sind alle noch ohne Styl, sehr wild und nachlässig auf einander gekleckt, haben bisher nur durch das Auge meiner Freunde gewonnen. Mir fehlt zum Dichter Musse und warme Luft und Glückseeligkeit des Herzens, das bey mir tief auf den kalten Nesseln meines Schicksals halb in Schlamm versunken liegt, und sich nur mit Verzweiflung emporarbeiten kann'.

So schrieb er im März 1775 an Merck, zu einer Zeit, wo er weniger bescheiden seine Reformdramen schuf und in einigen Satiren die berühmtesten deutschen Schriftsteller im Vollgefühle seiner überlegenen Geniekraft herausforderte. Der Göttinger und der rheinische Kreis hassten eine Zeit lang keinen der lebenden Dichter mehr, als Wieland. 'Es sterbe der Sittenverderber Wieland' riefen die teutschthümelnden Göttinger, 'fort mit der sogenannten schönen Natur, der Verzärtelung, Frivolität statt der wahren Natur, derben Gewalt, Sinnlichkeit' die anderen. Neben Lenzens ergötzlicher Schulmeisterchrie 'Matz Höcker' steht eine grössere Reihe von Wielandiaden. Bald ein kleiner Nadelstich gegen den 'Archiplagiarius', bald eine parodistische Ecloge 'Menalk und Mopsus' (auch im 'Rheinischen Most'): die lüsternen Alten sind Wieland und — der armselige Strassburger Maler und Dichter Kamm, die in Citaten aus ihren eigenen Werken sprechen. Die Briefe wimmeln von Verwünschungen Wielands, der 'süsslächelnden Schlange'. Erst betheuerte er, Wieland der Mensch könne wohl sein Freund werden, der Schriftsteller nie, um dann in Weimar auch den Dichter Wieland in schmeichelnden Versen zu verherrlichen. Aber vorher wollte er ihn an den Pranger stellen, ihn vernichten. Er schrieb zu diesem Zwecke seine 'Wolken', erst enger, dann freier mit modernen Namen an die geniale Komödie des Aristophanes angelehnt. Der Sokrates war Wieland. Das Werk, welches seine Briefe als eine Welterlösung hinstellen, wurde vernichtet. Wir wissen nur ein paar dürftige Einzelheiten über seinen Inhalt. In Weimar zu ankern, war ihm doch lieber, als die gefährliche, laxe Philosophie und Sittlichkeit Wielands zu brandmarken. Er widerrief sogar die Satire in einer noch erhaltenen 'Vertheidigung Wielands gegen die Wolken', deren Spitze sich mehr gegen Nicolai, einen anderen Popanz der Genies, richtete. Schmeichelhaft war jedoch der Wieland ertheilte Rath, fortan auf seinen Lorbeeren auszuruhen, gerade nicht.

Auch hatte Goethe zum Rückzug geblasen. Das Angriffssignal war seine Farce 'Götter, Helden und Wieland' gewesen, die Lenz heimlich hatte drucken lassen.

Es ist rührend, dass Lenz noch 1781 (vgl. Wieland an Merck 2 III 81) aus Riga sich Wieland entdeckte. Der Zettel (Morgenblatt 1855 S. 782) mag auch als neues Zeichen seiner Gutherzigkeit hier Platz finden:

'Es scheint, Lieber, Du weisst nicht oder willst nicht wissen, wer die Ursache des ganzen literarischen Lärmens gegen Dich war. Ich liess Götter, Helden und Wieland drucken, und ohne mich hätten sie das Tageslicht nimmer gesehen. Ich hätte Dir's in Weymar gesagt; ich fürchtete aber, es würde zuviel auf einmal geben. Einmal aber muss es vom Herzen ab, und so leb' wohl! Lenz'.

Ganz verkehrt ist die Behauptung, die 'Wolken' seien uns noch erhalten in Lenzens kecker, durch meisterliche Parodieen ausgezeichneter Litteraturfarce 'Pandämonium germanicum'. Entstanden ist sie in der Wertherfehde des Jahres 1775, aber erst 1819 ans Licht gezogen worden. Derber und schärfer, vor allem persönlicher, als etwa Jacobis 'Dichter', feiner und geistreicher, als etwa Wagners 'Prometheus', führt sie das ganze Pandämonium der Dichterlinge, Kunstrichterlein und Kunstphilister, Empfindsamen und Frommen, Alten und Neuen, und der wenigen anerkannten Grössen vor. Auf steiler Höhe finden sich Goethe und Lenz zusammen und lachen über die kläglichen Nachahmer, die da unten krabbeln und purzeln. Einer sagt: 'da steht der Goethe; ich seh ihn eigentlich mit seinen grossen, schwarzen Augen', ein anderer — es sind übrigens Worte Schubarts — nennt Lenz 'ein junges, aufkeimendes Genie aus Kurland'. Goethe braucht gegen all diese Kerle und Fratzengesichter, gegen Dichter, Philister und den Haufen der Recensenten das Faustrecht. Es liegt ausser starker Ueberhebung frisches, kräftiges Leben in den Scenen. Der zweite Act spielt im Tempel des Ruhms: da pfeift Hagedorn, da weint der gute Gellert, lacht der behagliche Rabener, treibt Liscow einen unflätigen Spass, der die Halleschen Philister verscheucht, aber die leichtfertigen Klotzianer vergnügt; Franzosen der verschiedensten Perioden, Lafontaine, Rabelais, Rousseau rufen dazwischen. Die Anakreontik kommt, von den französischen Vertretern der petite poésie gegrüsst; ganz vortrefflich ist der 'junge Mensch' gezeichnet, der mit verdrehten Augen zitternd auf den harmlosen Uz eindringt, kein anderer, als Wieland, der gleich darauf seinen bunten Kram ausbietet. Am besten die Parodie des niedlichen Jakobitchens: in einer Wolke von Nesseltuch lassen Chaulieu und Chapelle J. G. Jacobi als kleinen Amor herab; er spielt auf einer 'Sackvioline' und lässt mit schmachtender Grazie Schmetterlinge: 'Liebesgötterchen! Liebesgötterchen!' ausflattern. Ohne Namen aber sofort erkennbar bespöttelt Lenz Wieland als Herausgeber der 'Sternheim', eines Romans der La Roche. Goethe verkündet, wie in den Frankfurter gel. Anzeigen, den Ruhm der Verfasserin. Den Knochen eines Vorfahren (Götz) schwingend stürzt er herein, zieht Wieland an den Haaren (Götter, Helden und Wieland) und spielt auf dem vorgefundenen Instrument, so verstimmt es ist, eine neue herrliche Melodie, so dass alles in Jacobischer 'Wonnegluth' vergeht: seinen Werther. Aber Pfarrer und Küster sind entsetzt gleich den frommen Austern, Goeze und Genossen, die damals vor so sündhafter Liebe und einer solchen Beschönigung des Selbstmordes ihre Schalen zuklappten.

Eine besondere Scene verhöhnt treffend die Dramatiker und Dramaturgen vom Schlage der Weisse, Michaelis und Schmid, die es wagen von Shakespeare zu reden. Da treten Lessing, Klopstock und Herder umschlungen ein. Lessing säubert den Tempel und wirft Minna von Barnhelm unter die Leute, Herder ruft Shakespeare herab, Goethe erzählt eine Fabel von wahren Schöpfern und Sudlern — aber vor allem gilt der Schluss einer Selbstverherrlichung Lenzens. Er verlacht die Franzosen, er schafft Menschen, die 'zu gross für unsere Zeit' sind, er spricht überlegen, mindestens ebenbürtig mit Lessing und anderen Heroen über die Aufgabe des Dramas, ihn segnet Klopstock, ihn umarmt Goethe, auf sein Gebet, die grosse Zeit der vollendeten Kunst zu erleben, rufen Klopstock, Herder und Lessing einstimmig 'Der brave Junge! Leistet er nichts, so hat er doch gross geahndet', und als der 'Ewige Geist' am Schlusse das 'Säkulum' schweigen heisst, fragt Lenz aus einem Traum erhitzt auffahrend: 'Soll ich dem kommenden rufen?'

Wir dürfen mit dem 'braven Jungen' nicht zu streng zu Gericht gehen, wenn er auch an diesen Göttertisch wie ein zugehöriger Olympier seinen Schemel rückt. Zollten ihm doch die bedeutendsten Männer laute Anerkennung und nannten ihn doch um die Mitte der siebziger Jahre viele Zeitschriften in einem Athem mit Goethe, dem sie sogar mehrere der Lenzschen Werke zuschrieben. Es genüge, eine enthusiastische Stimme zu hören, die der schon mehrmals herangezogenen Frankfurter gelehrten Anzeigen (1776 S. 113), welche den Geist Shakespeares citieren. Er fragt:

"Wer bist du, Jüngling mit den wackern Augen? Sympathetischer Geist! — Sag an deinen Namen. Du bist der würdigste Herold, den mir Fama gesendet — Lenz! du wirst ein Feuer in den Seelen deiner Brüder entzünden und wirst meiner Nebenbuhler viel machen!... Heiliges Land des Genies! Mutter grosser Söhne! Mutter von Unsterblichen! Albions Bühne zerfällt! Gründe die deine fester! Hast du noch viele Goethe und Lenze zu Werkmeistern?"

Diese Kritiklosigkeit der Zeit erklärt sich aus der Neuheit und dem Umsturze der ganzen Geschmacksrichtung; man sah mehr die äusserlichen Aehnlichkeiten, als die inneren Verschiedenheiten.

Gierig trank der eitle, nach Auszeichnung lechzende Dichter das reichlich gespendete Lob ein; kein Wunder, dass der Weimarer Sturz ihn vernichtend traf.

Schiffbrüchig kehrte er in die rheinischen Gegenden zurück. Emmendingen ward sein erstes Asyl, wo Cornelie in milder, schwesterlicher Freundschaft die zerstörte Seele pflegte. Bald schien er genesen, erbaute sich an Schlossers gemeinsinnigem Wirken und labte sich in der anmuthigen Gegend, deren Zierde, das Hochburger Schloss, er in einem Aufsatz verherrlicht hat. Ende Januar 1777 gieng er auf eine Woche zu dem liebenswürdigen Pfeffel nach Colmar und hinterliess den günstigsten Eindruck, den ein neues Gedicht nur erhöhte. Aber eine krankhafte Ruhelosigkeit hatte sich seiner bemächtigt; nirgends hielt er länger Stand, sondern genoss hin und her wandernd die Gastfreiheit seiner Schweizer Freunde, zunächst Lavaters. Ramond hat uns geschildert, wie Lenz damals am Rheinfall sich überwältigt von dem grossen Schauspiel auf die Erde warf und staunend rief 'Eine Wasserhölle!' Auf einer Alpenreise mit Kayser im Juni erreichte ihn die niederschmetternde Nachricht von Corneliens Tod. Er eilte sofort an die Trauerstätte. Nichts konnte ihm diese Lücke ausfüllen:

Mein Schutzgeist ist dahin, die Gottheit, die mich führte
Am Rande jeglicher Gefahr,
Und wenn mein Herz erstorben war,
Die Gottheit, die es wieder rührte.

Wir können Lenzens wechselndes Wanderleben hier nicht verfolgen. Er schreibt selbst an Frau Sarasin: ‚Ich bin ein Fremder, wie Schlosser sagt, unstet und flüchtig, und habe so viele, die mit mir unzufrieden sind'. Einem Ruf in die Heimat, den ihm Kaufmann von seinen Eltern mitbrachte, mochte er so wenig wie einige Jahre vorher in Strassburg folgen. Lieber wollte er mit dem ihm schon aus dem Elsass bekannten Baron Hohenthal nach Italien reisen, trennte sich aber schon hinter Sitten von ihm und liess sich in Bern, Zürich, Basel von Lavater und Sarasins erhalten. 'Lenz lenzelt noch bei mir' meldet Lavater. Zu grösseren Werken fehlte die Sammlung; ein fragmentarisches Lustspiel in Versen ist ungeniessbar. Die heiterste Unterbrechung der Schweizer Tage war die Theilnahme an der helvetischen Gesellschaft, von deren harmlosen Scherzen beim freundlichen Mahle das Drama per musica 'Jupiter in Schinznach' (1777) Zeugnis ablegt. Auch Lenz improvisierte in alter Weise Spässe und Neckereien und vergalt dem Züricher Physiognomen die 41 Reime auf 'Lenz', die leider mit der Sentenz ''s ist alles verloren an Michael Lenz' schlossen, mit zehn durchgereimten Knittelversen auf den 'Seelen-Archiater'. Doch steigerte im Herbst der Tod des jüngstgeborenen Schlosserschen Kindes seine seelische Zerrüttung und im Philanthropin des Ulysses von Salis in Marschlins packte ihn der Dämon schon drohender. Wieder sorgten die Freunde. Bei Kaufmann in Winterthur kam der Wahnsinn zu neuem, offenen Ausbruch. Es war im November 1777.

Nochmals scheint Lenz umnachteten Geistes in Strassburg, ja auch in Sessenheim aufgetaucht zu sein; dann wanderte er im öden Winter durch die Vogesen in das Steinthal, das damals der unvergessliche Oberlin aus einer Wüste in eine wirthliche Gegend umzuschaffen bemüht war. An diesen Seelsorger, den Pfeffel als einen wahrhaft apostolischen Mann verehrte, hatte ihn Kaufmann gewiesen. Oberlin wusste nichts von dem Geisteszustande des Ankömmlings, den er wieder an anhaltende Arbeit gewöhnen sollte. 'Der Name, wenns beliebt?' 'Lenz.' 'Ha, ha, ist er nicht gedruckt?' 'Ja, aber belieben sie mich nicht darnach zu beurtheilen.' Am 20. Januar 1778 traf Lenz in Waldbach ein. Auch hier hatte er helle, heitere Stunden, schrieb an Lavater und Frau von Stein und hielt sogar eine 'schöne Predigt, nur mit etwas zu vieler Erschrockenheit'. Oberlin hat die traurigen Tage ausführlich geschildert. Lenz versank immer mehr in Wahnsinn und Tobsucht, stürzte sich Nachts wiederholt in den Trog oder aus dem Fenster, suchte sich seinem Robert Hot gleich mit einer Scheere zu erstechen, stiess den Kopf gegen die Wand, wollte ein in dem benachbarten Bellefosse gestorbenes Mädchen Friederike wiedererwecken und klagte dann, indem die alten Gefühle für die Sessenheimer Pfarrerstochter von neuem erwachten, seine Geliebte sei gestorben; er murmelte vor sich hin 'Hieroglyphen! Hieroglyphen', schüttete dann beruhigt dem edlen Oberlin sein Herz aus, aber sein Zustand wurde, namentlich während einer kleinen Reise seines Pflegers, so fürchterlich, dass man ihn am 7. Februar nach Strassburg schaffte, von wo alte Freunde seine Beförderung nach Emmendingen besorgten.

Man kann Schlosser die Aufopferung für den Unglücklichen nicht hoch genug anrechnen. Ferne Freunde und Gönner, obenan der Weimarer Hof, sandten Geld zur Unterstützung, er aber hatte Lenz im schlimmsten Stadium der Tobsucht, als er alles zerbiss und zerkratzte, heulte und schrie, mit den Wächtern rang, die Nahrung verweigerte und neue Selbstmordversuche machte, in seinem Hause. Leidlich genesen traf ihn ein schlimmer Rückfall. In der Zwischenzeit fand ihn Pfeffel noch fiebernd aber anscheinend bei gutem Verstande, nur sehr schüchtern und ceremoniös. Eine beständige Schreibsucht hatte ihn erfasst. Damals sprach auch Klinger vor und suchte den Dichtgenossen aufzuheitern. Die Krankheitsgeschichte liesse sich besonders nach den Briefen Schlossers leicht vervollständigen. Der Gedanke an das Frankfurter Irrenhaus wurde fallen gelassen; Lenz wohnte kurze Zeit bei einem Chirurgus, vorher bei dem Schuhmacher Süss, nachdem ihn die Rheinbäder gekräftigt hatten. Lenz, der Reformator, der neue Shakespeare, der Tischgenosse des

Hofes eines Schusters Pflegling! Und innig befreundet mit dem Haussohne Konrad, der dann auf die Wanderschaft in die Schweiz zog, von Lenz in vier unendlich rührenden Briefen an Sarasins empfohlen. Und Lenz ist glücklich; so glücklich, wie noch nie in seinem irren Leben. 'Nun fehlt mir nichts, als dass alles so bliebe'.

Endlich nach langem, unbegreiflichen Schweigen regte sich seine Familie. Der älteste Bruder holte ihn im Juni 1779 über Lübeck heim nach Riga. Auch ihm fiel die 'unglaubliche Schüchternheit' Jacobs auf. Fortan fliessen die Quellen mehr als spärlich. Ein Brief des Vaters, ein paar Worte von Hamann und Hartknoch, einige Zeilen von Lenz selbst zeigen, dass er eine Zeitlang unangefochten blieb. Er machte sich Hoffnungen auf die Stelle eines Rectors an der rigenser Domschule und in Deutschland hiess es gar, Lenz sei 'Professor der Tactik, Politik und schönen Wissenschaften' geworden, was die Herzogin Amalia zu der treffenden Bemerkung veranlasste, entweder müsse die Universität toll, oder Lenz gescheit geworden sein. 1780 wurde in Folge einer Verwechslung die Nachricht seines Todes verbreitet. Geistig todt war er und todt im Gedächtnisse der Menschen, wenn nicht irgend ein Geniefeind auch den verschollenen Livländer dem Gelächter preiszugeben suchte. Und doch währte es noch zwölf lange Jahre, bis er, 'von wenigen betrauert, von keinem vermisst', aus dem Leben schied. Die Familie suchte sich seiner zu entledigen. Wir wissen von einem Besuche in Petersburg bei dem Dichter und Höfling von Nicolay. Auch Klinger hat er gesehen, der Sinkende den Steigenden. Ein Edelmann fütterte ihn in der Nähe von Moskau zu Tode. Bis 1790 hat Lenz noch Uebersetzungen veröffentlicht, auch gedichtet, aber nur tolles, unverständliches Zeug, dem es selbst an Ausfällen auf Rousseau und Goethe nicht fehlt. Am 23. Mai 1792 fand das elende Schattenleben ein Ende.

Der schicksalsverwandte Hölderlin sagt von seinem eigenen Leben und Dichten, was auch als Aufschrift über Lenzens Laufbahn stehen könnte:

> Wie mein Glück ist mein Lied.
> Willst du im Abendroth froh dich baden?
> Hinweg ists und die Erd ist kalt
> Und der Vogel der Nacht schwirrt
> Unbequem vor das Auge dir. —

II.

Am Abend seines Lebens sandte Goethe das Rösel-
sche Bild der Santa casa am Hirschgraben seinem alten
Jugendgenossen Klinger mit den Versen zu:

> An diesem Brunnen hast auch du gespielt,
> Im engen Raum die Weite vorgefühlt;
> Den Wanderstab aus frommer Mutter Hand
> Nahmst du getrost ins fernste Lebensland,
> Und magst nun gern verloschnes Bild erneun
> Am hohen Ziel des ersten Schritts dich freun.

Und ein anderer Gruss lautet:

> Eine Schwelle hiess ins Leben
> Uns verschiedne Wege gehn;
> War es doch zu edlem Streben —
> Drum auf frohes Wiedersehn!

Die falschen Schlüsse, die man aus diesen Erinnerungen an den gemeinsamen Boden ihrer Knabenzeit gezogen hat, sind längst widerlegt worden. Wir kennen
das Haus zum Palmbaum, wo Friedrich Maximilian Klinger
am 15. Februar 1752 geboren wurde. — Klinger und
Goethe sind Frankfurter, doch wie verschieden ihr Ausgang. Dem Sohne des angesehenen Patricierhauses kam

früh alles Ehrende und Grosse der freien Stadt vollauf zu Gute; ein Günstling des Glücks und durch innere wie äussere Gaben ein Liebling der Menschen zog er auf seine Siegesfahrt aus, während dem Sprössling des Proletariats zeitlebens von seiner Vaterstadt nur die Schattenseiten des reichsstädtischen Regimentes in bitterer Erinnerung haften blieben und das alte Wort sich bewährte, dass der mühsam emporsteigt, dessen Talenten ein kärgliches Heimwesen im Wege steht. Der Vater Johannes Klinger, zum zweiten Mal verheiratet, war Stadtconstabel, die Mutter Wäscherin; später hatte sie einen kleinen Kramladen.

Reiffenstein, der mit bewunderungswürdiger Detailkenntnis und der liebevollsten Hingebung eine Reihe Frankfurter Oertlichkeiten, welche durch Goethes Jugend geweiht sind, bildlich in ihrem alten Zustande wiederhergestellt hat, macht uns auch mit dem Wohnhause der Familie Klinger bekannt. Schmal und ärmlich steht es da in einer engen, drückenden Gasse, in die sich selten ein Sonnenstrahl zu verlieren scheint — ihn drückten und duckten diese beschränkten Verhältnisse nicht. Gerade seine Abstammung und Erziehung, seine Entbehrungen und Kämpfe liehen ihm den trotzigen Stolz, den Unabhängigkeitssinn und die Energie, an sich selbst zu arbeiten, welche ihn nie verliessen und von den Holzhaufen, aus der armen 'Schülerklasse' mit ihren peinlichen Verpflichtungen durch den Sturm der Jünglingszeit hinaus bis zu den höchsten Ehrenstellen am russischen Hofe geleiteten. Der Rector Zinck brachte ihn aufs Gymnasium. Spät noch in seinem Dialoge 'Weltmann und Dichter' erzählt er von den Erfahrungen dieser Lehrzeit und eine im letzten Jahre empfangene Ohrfeige hat er seinem Lehrer nie vergessen.

Jeder äussere Druck schärft den Blick für die Gegensätze der Lebensverhältnisse, erhitzt die Wünsche, macht die Standesunterschiede immer empfindlicher. Wer dabei kein Duckmäuser wird, pflegt den Kopf um so höher zu tragen. Die Einsamkeit nährt sowohl Schroffheit und Weltverachtung als auch weiche Sehnsucht im Gemüth. Was Wunder, dass Klinger in Rousseau bei der ersten Bekanntschaft seinen Führer, Freund und Retter begrüsst. Diese Lehre, welche die Welt so alt und schaal fand, Despotismus und Aristokratie hasste, im Bürgerthum den frischen Hauch vermisste, aber liebend zu den niederen Ständen herabstieg, welche den Berufsphilister wieder zum Menschen erheben und unter dem Rufe ramener tout à la nature durch allen Wust der falschen, verderblichen Cultur hindurch zu der ungetrübten, reinen Ursprünglichkeit dringen wollte, gewann in ihm einen begeisterten Anhänger. Was bei anderen, so bei Goethe, nur eine vorübergehende Stimmung, fast eine Art von Mauser war, setzte sich in Klinger als Lebensanschauung fest. Rousseaus Émile blieb ihm das Buch der Bücher. 'Es ist von meinem Rousseau' heisst es einmal in seinen Dramen, damit ist alles gesagt. Er bekannte mit Rousseau, dass alles gut sei, wie es aus der Hand des Schöpfers hervorgehe, um mit ihm hinzuzufügen, dass alles entarte unter der Hand des Menschen.

1772 (immatriculiert erst 19. April 1774) zog Klinger nach Giessen, einer der rüdesten Universitäten. Warnt doch einige Jahre früher Goethe von seinem galanten Kleinparis aus Giessener Freunde, ja keine 'academische Sitten' anzunehmen. Eine Kraftnatur wie Klinger musste sich austoben, denn die masslose Unbändigkeit seiner Helden lag in ihm selbst. Ehrsamen, nüchternen Naturen konnte dieser trotzige, aller Convenienz ein Schnippchen schlagende Bursche früh nur Unbehagen verursachen. Wie übermüthig es manchmal in dem Kreise zugieng und wie bei Gelagen, Ausflügen und Liebschaften dichterische und burschikose Ungebundenheit zusammenflossen, lehrt am anschaulichsten ein im tollsten, derbsten Geniestil, offenbar auch im Güntherschen 'dichten Rausch' abgefasster gemeinsamer Brief Klingers und Millers an den Musicus Kayser vom 28. Juli 1775. Der zartflötende Minnesinger und Siegwartdichter liess sich von dem excentrischen neuen Bruder und Congenie willig fortreissen. Ein anderer Genosse entwarf ihre Schattenrisse, und Miller leerte sein Glas auf Klingers Offenbacher Liebchen. 'Klinger ist ein Halbgott' ruft er begeistert und hegt noch lange, nachdem er wieder als sittsamer Candidat der Theologie in Ulm eingezogen ist, die Erinnerung an jene Giessener Woche:

'Ach was hatt ich bei Klingern für ein Leben! Ihn sehen und ihn lieben war Eins: und so sagt er, sey ihm auch mit mir gegangen. Wir haben rechte Bruderherzen, selbst unsre Gesichter sollen sich sehr ähnlich seyn und sein Bild, das Göthe gemacht hat, könnte man für meines halten. Klinger ist ein herrlicher göttlicher Mensch, das Herz und den Verstand trifft man kaum in Jahrhunderten beysammen an'.

Dieses Bild von Goethes Hand 'im Profil auf grau Papier mit schwarzer und weisser Kreide' entworfen (22, 183), befindet sich noch im Besitze Klingerscher Verwandten und ist, obwohl manches stark verzeichnet scheint, verglichen mit den Portraits aus seinem Alter leidlich ähnlich. Ein schöner Jüngling, wurde er ein stattlicher Mann, ein imposanter Greis. Hören wir wieder Goethes Beschreibung in Dichtung und Wahrheit: 'Klingers Aeusseres war sehr vortheilhaft. Die Natur hatte ihm eine grosse schlanke wohlgebaute Gestalt und eine regelmässige Gesichtsbildung gegeben; er hielt auf seine Person, trug sich nett und man konnte ihn für das hübscheste Mitglied der ganzen kleinen Gesellschaft ansprechen .... Sein Betragen war weder zuvorkommend noch abstossend und, wenn es nicht innerlich stürmte, gemässigt.' Aber die Mässigung war damals nur ein Ausnahmezustand und das Stürmen seine gewöhnliche Verfassung. Siegesgewiss, kühn, ungebärdig trat er auf. Das gab ihm Reiz. Auch dass er dichtete, war bekannt, denn nach Giessen fallen mehrere seiner Dramen, darunter die Preistragödie 'Die Zwillinge'.

Klinger machte in Giessen schon im ersten Jahre Eroberungen. 'Er, der gewohnt ist, dass Mädchenherzen sich vor ihm biegen' sagt Albertine von Grün, die ihn leidenschaftlich liebte. Sie ist ein echtes Mädchen der Geniezeit: geistreich, gewandt, witzig, begeistert für ihre Götzen Goethe, Merck und Klinger, voll litterarischer Interessen, heissblütig, empfindsam, aber unbefangen und frei in ihren Anschauungen und Urtheilen. So zeigen ihre Briefe an Höpfner die schöne Albertine, deren äussere Reize leider durch ein leises Hinken beeinträchtigt wurden. Bis weit in die achtziger Jahre hinein nährte sie ihre Leidenschaft; erst beschämt durch seine unwürdige Anstellung als Theaterdichter, wird sie zuletzt gar eifersüchtig auf die Kaiserin Katharina und fürchtet, der einnehmende Giessener Fuchs möchte in Russland ein neuer Potemkin werden! Es ist rührend, wie es noch nach vierzehn Jahren der alternden Jungfer fast das Herz abdrückt, des Wohlstands wegen einen reisenden Russen nicht nach Klinger fragen zu dürfen. Gleich ist ein neuer 'Raptus' da und 'klingeling' marschiert ihr das ganze russische Militär vor den Augen vorbei; am liebsten zöge sie als Feldmarschallin, ihrem Götzen zur Seite, gegen den Türken. Anders Klinger; er blieb kühl ablehnend und äusserte höchstens etwas ungeschliffen, es sei nur so eine Liebelei gewesen, und ob denn Albertine noch immer so sentimental sei?

Um das Studium der Rechte hat er sich gewiss herzlich wenig bekümmert; er fühlte keinen Beruf dazu und das Faullenzen war Genieton. Wer dichtet, soll ganz Dichter sein, sonst ist er alles nur halb und wird ein

Alltagskerl; so ungefähr lautet ein damaliger Grundsatz. Aber die Mittellosigkeit, die durch den frühen Tod des Vaters noch gestiegen war, nöthigte ihn, nach einem Amte auszuschauen. Zunächst bewarb er sich erfolglos um eine Actuarstelle in Frankfurt. Hier lebte das berühmteste aller Genies, Goethe, mit dem Klinger ungefähr 1774 bekannt wurde. Die Knabenjahre hatten sie begreiflicher Weise nicht zusammengeführt. Jetzt sahen sie sich häufig und schlossen eine innige Freundschaft. Goethe war damals dämonisch productiv, ein Plan jagte den anderen. Immer reicher entfaltete sich seine unvergleichliche Jugendkraft. Auch Klinger schleuderte eine Reihe von Stücken auf den Plan. Dazu traten kleinere sesshafte Genossen, wie der nicht unbegabte Dichter der 'Kindermörderinn' und der Prometheusfarce, H. L. Wagner. Am schönsten war es aber, wenn anerkannte und geliebte Fremde vorsprachen. In der Zeit der überspannten Briefwechsel, der Lieben und Freundschaften aus der Ferne erfreut uns in der litterarischen Republik der Zug der Dichter und Gesinnungsgenossen nach dem persönlichen Sichkennenlernen, der Begrüssung von Angesicht zu Angesicht. Mit einer stürmischen Umarmung war schnell ein neuer Bund geschlossen. 'Frankfurt ist das neue Jerusalem, wo die Gerechten wohnen' schreibt damals Goethe freudig. Lavater, Basedow, Claudius, Klopstock, die Stolbergs kehrten in seiner Vaterstadt ein. Mit den jungen Grafen ward auch Klinger schnell vertraut. Ein lustiger Ausflug blieb allen unvergesslich. Die schönen Jünglingsgestalten Goethes, Fritz Stolbergs, Klingers müssen eine herrliche Gruppe gebildet haben. Im Mai 1775 finden wir auch Klinger in Zürich. Auf der Rückreise kehrte er mit Goethe in Ulm ein, wo der warmherzige Schubart das Genie 'gross und schrecklich wie's Riesengebürg' und seinen Begleiter Klinger 'unsern Shakespeare' anstaunte. So erweitert sich sein Kreis immer mehr; er zählt den Maler Müller und Heinse zu seinen Herzensfreunden und ergeht sich gleich Goethe in dem berühmten Garten Jacobis zu Pempelfort. Klinger war auch ein Freund der Frau Rath. Andachtsvoll, wie später das Kind Bettina, sass der unruhige Stürmer auf der 'Schawell' am Märchenstuhl und lauschte der phantasievollen, drastischen Fabulistin.

Sogar in das enge Haus seiner Angehörigen drang Licht und Lärm. Jeden Samstag fand ein Genieabend bei Klingers statt, an dem die Schwestern Katharina und Agnes regen Antheil nahmen. In unglaublicher Orthographie, aber in dem frischesten, natürlichsten Tone, der an den lebendigen, lustigen Stil der Frau Aja erinnert, hat Agnes in Briefen an Freunde uns einiges aus diesem Treiben berichtet. Im Frühjahr 1776 galt es Lenz auf seiner Reise nach Weimar feierlich einzuholen. Flugs warfen sich die unzertrennlichen 'lieben Jungen' Klinger und Schleiermacher in die Genietracht, das Werthercostüm, worin sie wohl schon bei ihren Spritzfahrten nach Wetzlar einherstolziert waren, mietheten sich Gäule und — doch Agnes kann das viel besser erzählen:

„Lenz wahr hier und ich habe ihn nicht gesehen. Mein Bruder und Ernst sind ihm entgegengeritten drey Stunden. Nun lieber Bruder [Kayser] will ich ihnen auch sagen, wie die Junge gekleidet wahren. Einer wie der ander, so weit geth ihre gleichheit, dass sie sogar einerley Stück, Hüt und Schladern haben — Sie machten in Frankfurth gross aufsehens, jeder Kerl blieb stehen und gaft sie an. Als Sie Lenz entgegen reitten, hatten Sie ihre blauen Frack und gelben Meschlen an weissen Hüt mit gelben Benter und so sind sie Lenz in der Stadt vor der Kusche her geritten. Wahr dass nicht herrlich so einem Jungen wie Lentz ist vor zu reitten?' Auch Agnes Klinger ist ein echtes Mädchen der Geniezeit. Sie möchte gern alles mitgeniessen, was ihren Bruder, seine und ihre

Freunde vergnügt, die Geniereisen, das herrliche Schlittschuhlaufen. Wäre sie doch ein Mann, denn 'wir Mädchen sind so Ehlende Geschäft'. Dann klagt sie: 'Frankfurth ist so lehr, sie sind ford, Göthe und alle die gutte Leyd'. Nochmals kehrte Klinger nach Giessen zurück. Er schaute nach einem sicheren Unterschlupf aus. An Anfeindungen hatte es nicht gefehlt, war doch von einem gewissen Göntgen eine Parodie gegen seine Tragödie 'Das leidende Weib', 'Die frohe Frau' benamst, ausgegangen, durch welche Klinger als ein frecher, sittenloser, unwissender Mensch, als elender Dramatiker und, schnöde genug, in der gemeinsten, persönlichsten Weise als Verführer der Unschuld dem Hohn und der Verachtung preisgegeben werden sollte. Mit sicherer Würde wies er den ungenannten Pamphletisten in einer wuchtigen Erklärung ab. Die Familientradition weiss freilich von einer handgreiflicheren Privatrache zu erzählen.

Goethe in Weimar, Lenz in Weimar — so machte sich nun auch Klinger mit geborgtem Gelde auf die Reise. Der auf den Hamburger Sieg stolze Brausekopf wollte kühnlich sein Glück probieren: 'Ich lass das all werden vom blinden Ungefähr und baue an mir fort und dreist hinauf die Sonne an, Sturz oder Gipfel!'

Am 24. Juni 1776 traf er in Weimar ein. Nach der ersten Ernüchterung kam es bald zu unangenehmen Reibungen. Der etwas ungeschlachte, formlose Kraftmensch, der sich nicht schicken wollte noch konnte, passte allerdings besser zum Lieutenant in Amerika, wohin ihn die Herzogin Mutter empfehlen wollte, als in höfische Umgebungen selbst von der zwanglosen Ungebundenheit Weimars. Er kam den Leuten vor wie ein Mensch aus einer anderen Welt. Man sprach wohl von den Betteltapeten, mit denen er sich ausstaffiere. Nannte ihn Heinse 'Löwe, König der Thiere', so lachte jetzt Wieland über den 'Löwenblutsäufer'. Lange erhielt sich der abgeschmackteste Klatsch und die bekannten Waschweiber Falk und Böttiger schildern ihn als eine Art Waldteufel Satyros, der rohes Fleisch für einen herrlichen Frass gehalten habe. Lenz war das verzogene kranke Kind, dem man bald Zuckerwerk, bald einen Klaps gibt, Klinger stand in den unangenehmeren Flegeljahren des Genies. Das Verhältnis ward immer gespannter. Die Zwischenträgereien des falschen Propheten Kaufmann thaten das ihre, es ganz zu zerreissen. Aergerlich schreibt Goethe am 16. September 1776, Klinger sei ihnen ein Splitter im Fleisch, seine harte Heterogeneität schwäre und werde sich leider herausschwären.

Lächerlich ist der Vorwurf, Goethe habe sich seine Genossen selbstsüchtig und unfreundschaftlich vom Halse geschafft. Gieng denn nicht alles, was jene sündigten, auf seine Kappe? Und war denn seine Stellung zu den strengen älteren Beamten, dem Minister von Fritsch z. B., und der ganzen Gesellschaft im ersten Jahre schon so gefestigt, dass er es gern sehen konnte, wenn ein verschuldeter Freund nach dem anderen auf seine Fürsprache pochend den Herzog in Anspruch nahm? Sollte Weimar ein Asyl für alle vacierenden Genies werden? Er konnte gar nicht anders, als Klinger fallen lassen.

Klinger gieng. Die Seylersche Truppe nahm ihn als Theaterdichter auf. Es war eine der vorzüglichsten Gesellschaften, welche Deutschland besass. An der Spitze stand Abel Seyler, früher Kaufmann in Hamburg und an dem durch Lessings Dramaturgie allbekannten Unternehmen betheiligt; seine Gattin, die Hensel-Seyler, obwohl schon etwas verblüht und furchtbar rollensüchtig, feierte noch immer in pathetischen Partieen die grössten Triumphe. Ihr zur Seite wirkten Talente vom Rang eines Borchers. Das Repertoire umfasste ausser der beliebtesten Gattung der Singspiele Komödien des älteren Schlages, die neuen Melo- und Monodramen, die Stücke Lessings, Shake-

spearesche Tragödien und neben den durch eine triviale
Mache und allerhand sinnfälliges Beiwerk ausgezeichneten
Werken des Mimen Möller auch Dramen des Sturms und
Drangs. Dennoch konnte sich Klinger in dieser Stellung
nicht gefallen, abgesehen von den pecuniären Schwierig-
keiten, die nicht selten eintraten. Er trug sein beschämen-
des Amt leichter während der sächsischen Campagne, als
in den heimischen Gegenden. 1777 verweilte die Truppe
besonders in Frankfurt und Mainz. Seine Dramen waren
nichts weniger, als Repertoirestücke. Der 'Stilpo' gefiel
leidlich, aber 'Sturm und Drang' fiel in Frankfurt, in Klingers
Vaterstadt, durch. Vergebens schalt H. L. Wagner das
unverständige Publikum, das nicht fühlen und ahnen könne,
was Sturm und Drang sei. Wohl hat er in Mainz eine kokette
Freundin Felicitas und steht mit 'Don und Donna' Seyler,
vor allem mit dem bekannten Schauspieler Beil, auf gutem
Fusse, aber er klagt 'meine Lage ist von Seiten meiner
Mutter erschrecklich'; es fehlt an Geld, er möchte sich
ausweinen, er steht in der Dämmerung am Rheinufer, fast
zieht es ihn hinab in die*) Fluthen — athemlos aufgeregt
bricht er mit einem tiefen 'Lass mich schnaufen' einen der
leidenschaftlichen Briefe an Müller ab.

Kaufmann trug ihm eine Stelle als Informator in
Russland an, aber 'es ist ein schrecklicher Gedanke Hofmeister'. Klinger dachte in dieser Hinsicht wie Lenz
und Voss.

Sonderbar, dass die in Weimar verunglückten und
und mit Goethe verfeindeten bei dem Schwager Schlosser
ein Unterkommen fanden. Schlosser war offenbar mehr
auf Seiten der gefallenen Grössen. Schon im September
1776 bat er den reisenden Röderer beinahe flehentlich um
vertrauliche Nachrichten über Lenz, denn er schwur nicht

---
*) Vielleicht beruht die Scene seines 'Faust', wo der Held, mit dem
Teufel über die Mainzer Rheinbrücke reitend, einen Jüngling ertrinken sieht,
auf diesem Erlebnis.

auf das, was der harmlose Kayser ein Vierteljahr früher ausgerufen hatte: 'Die Kerls in Weimar treiben sich gut. Mich freut ihr Leben, denn ich habe erstaunenden Glauben daran'. Während Lenzens Reconvalescenz lebte auch Klinger im Hause Schlossers, der bei seinen Freunden mit mehr oder weniger Glück für seinen Günstling Propaganda machte. Nicht alle fanden mit Kayser das Ideal des Menschen in der wilden Offenheit des Wesens und manche fühlten sich deshalb von Klinger, der seine schroffe, unbändige Formlosigkeit recht geflisssentlich zur Schau trug und das Naturideal durch ein tumultarisches und ungehobeltes Wesen zu verkörpern trachtete, unangenehm abgestossen. Es scheint auch, dass damals noch ein bramarbasierender Zug hinzukam, denn Soldat, am liebsten in Amerika, zu werden, war noch immer sein Wunsch. Ich kann mir vorstellen, dass ruhige Gemüther sich vor diesem Stürmer entsetzt bekreuzigten und so scheu zurückzogen, wie die Familie Jobs auf dem Hasencleverschen Bilde vor dem sporenklirrenden, frechen Burschen mit der Hetzpeitsche.

Pfeffel, der sich in timidem Conservatismus gegen die Genies ziemlich ablehnend verhielt, die Hermannsschlacht über den Götz, den Agathon über den Werther stellte, war ganz ausser sich, als Schlosser ihm nicht nur die Bewunderung der Klingerschen Dramen, sondern auch einen persönlichen, herzlichen Verkehr mit dem gefährlichen jungen Manne aufnöthigen wollte. Am 22. April 1778 besuchte ihn Schlosser mit seinem Schildknappen, einem nach Pfeffels Meinung entwürdigenden Gesellschafter. Seine an abgelegener Stelle gedruckten Urtheile an Sarasins sind für die ganzen genialen Excesse und für Klinger im besonderen zu interessant, als dass ich sie hier übergehen möchte:

'Seit vorgestern bin ich mit den deutschen Genies auf ewig zerfallen. Weder ich, noch die meinigen sind unmittelbar beleidigt; aber es ist Folter, einen Buben, der eine Handvoll von Shakespeares-excrementen gefressen hat, ehrliche Leute, die nicht nach Shakespeares-excrementen stinken und doch ehrliche Leute sind, verachten und beschimpfen zu sehen'. Gutmüthiger und beruhigter einige Tage später: 'ich wiederhole es, dass ich um Schlossers willen seinen Klinger gern dulden will und dass meine Antipathie gegen die Genies bloss ihre Art zu denken und zu reden, nicht aber ihre Personen angeht. Mit Klingern dürfte ich ohnehin viel zu schwatzen bekommen, weil ich ihm, unter uns gesagt, durch Franklin eine Kriegsstelle in amerikanischen Diensten verschaffen soll und bereits darum geschrieben habe. Sein Vorsatz ist, als ein braver Kerl zu fechten, alles Mitleid zu verbannen und bei der ersten schmerzhaften Wunde sich selbst eine Kugel durch den Kopf zu schiessen. Das heisst in unsern Tagen Kraft, Energie, Selbständigkeit. Einem solchen Eisenfresser möchte ich aber doch keinen Maulesel zu beschützen anvertrauen. Es ist den tragischen Poeten und Empfindlern so mancher Ausdruck geläufig, bei dem sie nichts denken und fühlen'.

Wirklich gieng Klinger mit einer österreichischen Freischaar 'in Krieg', doch schon im Mai 1779 führte ihn der Teschener Friede wieder in die unfreiwillige Musse zurück, die er grossentheils in der Schweiz bei den ehemaligen Lenzschen Gönnern verbrachte. Er lebte, so gut es gieng, von der Feder. Allmählich vollzog sich eine Klärung seines wilden, forcierten Wesens. In ihm ist der rheinische Most zum Wein ausgegohren, der freilich immer etwas herb und bitter schmeckte. Er rang sich über das Fratzenhafte des äusserlichen Geniethums hinaus, ohne die idealen Züge jener bewegten Strebezeit zugleich fortzuwerfen. Schlosser, mit dem Würtembergischen Hofe verbunden, verschaffte ihm eine Empfehlung an den russischen. Mit seinen Finanzen war es übel bestellt, und die Schweizer mussten Geld vorstrecken. So reiste er im Spätsommer 1780 aus den Alpen ab, nahm in Frankfurt von den Seinen Abschied und eilte nach Russland, um in der Fremde eine glänzende Laufbahn zu beginnen. Marte Venereque, 'durch Kampf und Liebe' hiess die Losung, die er in Hamburg am 14. September in Schröders Stammbuch schrieb.

Es ist kein Zufall, dass gerade ein Klingersches Stück mit seinem ihm von Kaufmann aufgedrängten Titel der ganzen Zeit ihren Namen gegeben hat. Denn in seiner Persönlichkeit war der Sturm und Drang am meisten ausgeprägt, nicht ohne absichtliche Schaustellung und Steigerung, aber doch ohne die klägliche Affectation, mit der sich damals die zahmsten Grauthiere, weil es eben Mode war, die Löwenhaut umhängten. Ein Problem für Goethes Jugend liegt in der Auseinandersetzung zwischen dem Ringen nach Shakespearescher Naturkraft und dem Streben nach Raphaelscher Grazie; in der Mitte schreitet munter Hans Sachs. Der Schöpfer des Götz, des Puppenspiels, der Dithyramben war zugleich der Dichter der 'Laune des Verliebten', der Singspiele, der leichtbeschwingten Lieder. Den Lenzschen Dramen stand die Anmuth bis auf flüchtige Annäherungen fern, aber auf einige seiner Gedichte legte sie ihren feinen, schimmernden Blüthenstaub. Zu Klinger hat sie sich nicht herniedergelassen, und wenn er in seiner Giessener Studentenstube vor der mediceischen Venus Andacht liturgischer Lection verrichtete, blieb die Göttin taub. Er war nie ein Lyriker, höchstens dass kleinere Einlagen, darunter ein gefälliges, schwermüthiges Ständchen, von Kayser componiert, den stürmischen Gang seiner Dramen unterbrechen. Lenz tritt uns als ein nur nicht zur Reife gediehener Dichter entgegen, während von einer rein poetischen Begabung bei Klinger kaum die Rede sein darf. In seiner zweiten Periode arbeitete er sich zum Schriftsteller empor. Goethe hat Lenz als das Talent, Klinger als den Character geschildert. Auch dieser Character musste erst viele Schlacken ausstossen, bis sein edles Erz geläutert war. Seine ersten Dramen sind gewaltsame Eruptionen kämpfender und tobender Kräfte. Wie konnten massvolle Schöpfungen von einem Jüngling kommen, der von sich selbst gestand: 'Mich zerreissen Leidenschaften..... Jeden andern müsste es niederschmeissen.... Ich möchte jeden Augenblick das Menschengeschlecht und alles, was wimmelt und lebt, dem Chaos zu fressen geben, und mich nachstürzen' (an Schumann Febr. 1775). Als der kluge Merck widerwillig Goethe mit den Grafen Stolberg ziehen sah, fasste er den Unterschied zwischen seinem Schaffen und dem der meisten gleichzeitigen Genies dahin zusammen: 'Deine unablenkbare Richtung ist, dem Wirklichen eine poetische Gestalt zu geben; die Andern suchen das sogenannte Poetische, das Imaginative zu verwirklichen, und das giebt nichts wie dummes Zeug'. Klinger, der Wirklichkeit entfliehend, verstieg sich ganz in eine nebelhafte, idealische Welt, und obwohl er von dem Maler Gemälde forderte, für die er den Spiegel in sich selbst trage, kam es ihm doch nur darauf an, seine aufgeregten Anschauungen und Gefühle in rasch entworfenen Dichtungen noch aufgeregter auszuströmen, ohne die darzustellenden Verhältnisse und Personen auf das sichere, nährende Mutterland der Beobachtung zu gründen. Darum lagen ihm die einfachen menschlichen Probleme fern, deren sich das bürgerliche Schauspiel bemächtigt hatte. Sein rollendes Auge schaute über das Naheliegende hinaus in eine verschwimmende Weite, er floh Heimat und Gegenwart und siedelte seine Menschen wieder in jener idealen Ferne Italiens, Spaniens, Amerikas, des Orients oder der deutschen Ritterzeit, später des Alterthums an.

Sein erstes Werk freilich 'Das leidende Weib', das er
1775 in vier guten Tagen niederschrieb, nähert sich der
neuen Lenzschen Komödie und hat sogar dem 'Hofmeister'
manche Einzelheiten abgeborgt. So ist Tiecks Irrthum
erklärlich, der es in seine Lenzausgabe aufnahm. Aber
bedeutender sind die Verschiedenheiten. Das Liebesverhältnis zwischen Brand, der seinem Namen alle Ehre
macht, und der Gesandtin spielt in den hohen Kreisen,
ein frecher fürstlicher Bastard läuft mit, ein ausgemergelter
adeliger Roué bejammert in widerlichen Scenen seine verlorene Kraft und im Hintergrunde steht der Hof; ein
tyrannischer Hof, an welchem sich der Gesandte, ein
braver, rechtlicher Beamter, nicht behaupten kann. Die
Möller und Grossmann greifen das dankbare neue Thema
halb auf: wenn die höfische Camarilla die Tugend zu besiegen scheint, kehrt der gerechte Fürst alles zum besten.
Diese Vorsicht und Schweifwedelei haben die Kämpen,
welche allenfalls einen Minister anbellen, aber sich vor
Serenissimus devotest bücken, nicht von Klinger gelernt.
Schiller zog dann die Consequenzen.

Klinger steht unter dem Einflusse der Raritätenkastentheorie. Da sind mehrere Liebespaare, da sind Kinderscenen à la Götz und Werther, auch zusammenhangslose
Episoden, da wird das 'Belletristen-Geschmeiss' von einem
polternden Magister trefflich begrandisont, da ist ein
sentimentales Bürgermädchen, da spielen Brand und die
Gesandtin die Balconscene aus 'Romeo und Julie' und später
entblättert das leidende Weib die Rose der Emilia Galotti,
da gibt ihr Bruder Franz seine verschwommene Kunstanschauung zum besten. Er ist der Liebling Klingers, der
sich bei der Zeichnung höherer Personen arge Verstösse
zu Schulden kommen lässt. Sie führen als Waffe statt
des Galanteriedegens das plumpe Brotmesser. Im Franz
aber wollte er sich selbst abbilden, nicht den wilden Studenten, sondern den ehrenfesten Jüngling und den glü-

henden Schwärmer, der 'seine Griechen' so gut liest, wie Werther 'seinen Homer'. Mit der regellosen, kühn hin und her springenden Technik steht das regellose aesthetische Glaubensbekenntnis des Franz im besten Einklang. Was Lenzens 'Anmerkungen' für das Drama, was Goethe und Heinse für die bildende Kunst gesagt: fühle und geniesse bis in die Fingerspitzen, greife, taste, aber krittle und vernünftle nicht, denn wir wollen nur nachempfindend schwelgen, jede Gestalt der Kunst uns durch Gluthblicke sinnlich beleben, wie Pygmalion seine Statue, — predigt Klinger um so hitziger und einseitiger, je stärker in ihm die Rousseausche Verachtung gegen wissenschaftliche Systeme ausgebildet war und je mehr jede Analyse eines Kunstwerkes, auch die inductivste Aesthetik, die, ohne vorgefasste Schulmeinung an das Gebilde herantretend, aus der unmittelbaren Beobachtung heraus ihre allgemeinen Schlüsse ziehen will, seiner unreifen Schwärmerei als Entweihung und Zerstörung, nicht als Förderung des Kunstgenusses erschien. Den Zusammenhang des folgenden Hymnus mit der grossen Rousseaubewegung, besonders auch der Wertherstimmung, habe ich früher einmal besprochen. Schillers Karl Moor denkt nicht anders.

Franz (2,3): 'Weg, Quark alles. Der nächste Weg zum Narren zu werden ist sich ein System bauen zu wollen .... Weisheit! Seifenblase, Schaum! .... Narrenkappen, hellbeleuchtete Leute gekrönt damit, die Philosophen heissen .... Ich will kein Buch mehr ansehen. Lasst mir meinen Shakespeare und meinen Homer. Wir bleiben zusammen bis in den Tod (stellt sich vor einen Kopf des Laokoon und drauf vors Brustbild der Venus). Mein Laokoon, was hast auch du schon leiden müssen. Jeder Bube schwatzt von dir und grosse Leute reden, warum du den Mund aufthust. Hätten sie vor dir gestanden mit dem innigsten Gefühl — Venus! Ausdruck der Gottheit, Leben, Weben alles — es ist ein Augenblick, nur ein Augenblick — da steh ich oben'. Dann zu Läufer: 'Sieh, du musst davon nicht reden. Kommst mir just vor, wie die Kerls die sich dahin stellen, Schönheit suchen, Ideal, was weiss ich; dann Regeln schreiben, definiren und schwatzen, und das all ohne Gefühl'. So stichelt ein halbwüchsiger Schwärmer selbst auf Lessings Laokoon!

Franz hat einen Freund, den Doctor, den er verehrt wie Klinger den Doctor Goethe: 'Den könnt ihr nun wieder alle nicht fassen! Der erste von den Menschen, den ich je gesehen. Der alleinige mit dem ich sein kann. Der trägt Sachen in seinem Busen. Die Nachkommen werden staunen, dass je so ein Mensch war'. Als den unfassbaren, grossen liebt er auch Klopstock, verachtet aber die flatternden Zephirs der Jacobiten, den wollüstigen Wieland, die seichte sächsische Kunstlehre und den leblosen modernen Moralroman.

Episoden werden sorglos in ihrer Entwicklung abgebrochen, wie bei Lenz. Das Hauptpaar geht unter. Das Ganze klingt elegisch aus: fern der verhassten Stadt wollen die Schwäger ein ruhiges, wehmüthiger Erinnerung geweihtes Landleben führen; wieder ein sentimentaler Rousseauscher Zug.

Am nächsten kommt diesem Stücke das seinem Titel nach bekannteste Klingersche Drama 'Sturm und Drang' (1776), an dem er in Weimar arbeitete. Die Handlung weist auf 'Romeo und Julie' zurück. Die Familien Berkley und Bushy haben sich in grimmiger Feindschaft getrennt, aber die Kinder lieben sich. Unverhofft kommen alle die versprengten Personen wieder zusammen und nach einigen Wuthscenen findet die Verwicklung einen glücklichen Ausgang. Es fehlt dem Stücke nicht an wirkungsvollen Scenen, ich nenne nur die, wo der alte Berkley, von seiner Tochter gepflegt, halb in Kinderei, halb in rachsüchtige Gedanken versunken, Kartenhäuser baut; auch die Liebesscenen, darunter wieder ein Balcongespräch, athmen feuriges Leben, aber alles ist von Sturm und Drang aufgebläht und streift häufig genug an den Unsinn. Der englische Kapitän ist ein ungestümer Flegel; wenn er mit seinem Feinde Wild zusammentrifft, hat man den Eindruck, als ob zwei Kannibalen die Zähne gegen einander fletschen. Aus einem Schuss ins Bein macht er sich so wenig, wie ein Indianer aus einer schmerzenden Wunde. Sein Page, der Mohr Soley, wartet auch noch auf die beleckende Cultur. Dem Liebespaare dienen die übrigen absichtlich carikierten Männlein und Weiblein zur Folie: eine alte, verschrobene, mannstolle Tante, die mit dem verrückten La Feu für ein paphisches Schäferleben, wie es Jacobi und Genossen gemalt, schwärmt, und die blasierte Luise, die sich neben dem ausgebrannten, matten Blasius entsetzlich langweilt. Das Theater ist die ganze Welt. Wild war in Russland, in Holland, in Spanien, er war Hirte auf den Schweizer Alpen, hat sich aber nirgends genügen können. Die Sehnsucht nach der Geliebten und ein allgemeiner Drang nach Ausdehnung und Grossthaten lässt ihn weiter durch die Welt vagieren. Er weiss nicht, was er will, wie er sich noch erweitern und erschöpfen soll. Könnte er sich doch über eine Trommel spannen, oder aus einer Pistole knallen lassen! So zieht er nach Amerika, dem Schauplatze des Dramas. Dort giebt es einen frischen, fröhlichen Krieg. Klinger selbst ruft die Worte Wilds: 'Seht, so strotze ich voll Kraft und Gesundheit, und kann mich nicht aufreiben. Ich will die Kampagne hier mitmachen, als Volontair, da kann sich meine Seele ausrecken, und thun sie mir den Dienst, und schiessen mich nieder, gut denn!'

Dieses herumhetzende Vagabundenthum ist ein Zeichen der Klingerschen Dramatik. Er strebt nicht danach, ein ausreichendes Motiv mit liebevoller Andacht für das Detail auszuführen, nein, die Fülle soll wirken, immer etwas neues, grosses, und gleich darauf etwas noch überraschenderes, stärkeres. Es ist ein wahres Wettrennen wild eingefangener Effecte. Besonders frappant tritt dieses Uebermass der Motive, das nicht zugleich ein Beweis reicher Erfindung ist, in dem zweiten Giessener Stück, dem 'Otto' (1775), entgegen. Dieses in der freiesten Historienform hingeschleuderte Ritterdrama ist die erste Nachahmung des Götz, dem es eine Menge grosser und kleiner Züge entlehnt hat. Aber nicht des Götz allein. Alles, was Klinger gerade aufrafft, muss Aufnahme finden, so dass ein verworrenes Gedränge der Personen und Nebenhandlungen entsteht und eine knappe Inhaltsangabe schlechterdings unmöglich ist. Das Triebrad ist nicht nur der Kampf zwischen der bischöflichen Partei Adalberts und den Rittern des alten Herzogs, sondern der Gegensatz der Brüder Karl und Konrad, die dem Lear bis in Einzelheiten nachgebildete Verstossung des Vaters, und verwickelte Liebesintriguen, durch welche Ritter Otto zu einer Art von Hauptperson wird, nehmen mindestens eben so viel Raum ein. Eine Tragödie in der Tragödie spielt die Familie Hungen ab; aus den Ritterburgen und Wäldern, von den unzähligen Herren und Knappen und Burgfräulein entführt uns die Flugmaschine dieser masslosen Technik plötzlich nach Rom und lässt naive Kinderscenen mit den grässlichsten Martern der Inquisition wechseln. Dann erscheint etwa ein Einsiedler, eine alte Unglücksprophetin, eine Mutter mit ihrem wahnwitzigen Sohn, zu dem sich dem Lear gleich der alte Herzog Nachts während einer furchtbaren Empörung der Natur gesellt. Einzelne packende Stellen können das durchaus unkünstlerische, zuchtlose Durcheinander dieser ganz ausser Rand und Band gerathenen Dramatik nicht im geringsten entschuldigen. Eine masslose Handlung, masslose Personen, masslose Sprache kennzeichnen das Werk als den kecken Versuch eines Anfängers. Hier sieht man am deutlichsten, in welche Abgründe die dramaturgische Weisheit des Sturms und Drangs führen konnte.

Nichts ist ausgetragen, alles 'ausgebraust'. Und doch spielte Klinger alsbald einen Trumpf aus. Neben den genannten beiden Stücken der Studentenzeit, im August 1775 in Giessen verfasst, erschienen 1776 'Die Zwillinge', welche den von Schröder und Charlotte Ackermann für die beste deutsche Tragödie ausgesetzten Preis gewannen. Drei Stücke liefen ein: die unglücklichen Brüder von einem Ungenannten, Julius von Tarent von Leisewitz, und die Zwillinge. Alle drei hatten, ohne dass die Preisausschreibung derlei forderte, den Brudermord zum Vorwurf. Dieses auffallende Zusammentreffen ist immer als ein Räthsel angestaunt worden. Aber das Wunder schwindet einigermassen, wenn wir bedenken, dass Klinger höchst wahrscheinlich in jener lustigen Juliwoche durch Miller von dem Werke und der Bewerbung des Göttinger Haingenossen näheres erfahren und sofort zum Wetteifer erglühend denselben Stoff zu einem Concurrenzwerke gestaltet hatte. Kurze Zeit nach der Trennung erhielt Miller die Nachricht, das neue Drama sei fertig und wandere nach Hamburg. Darüber blieb ein früherer Plan, auf dessen Gelingen er mit Miller wacker getrunken hatte, die *) 'Donna Viola', merkwürdiger Weise gleich der Stella als 'Schauspiel für Liebende' bezeichnet, ganz liegen; der ‚Pyrrhus', wie Goethes Cäsar als Historie angelegt, gerieth ins Stocken und brachte es, nachdem der Guss einmal unterbrochen war, später nicht über Fragmente hinaus.

Die elementare, stürmische Leidenschaft gewann der Tragödie den Preis. Leisewitz, der fleissig bei Lessing in die Schule gegangen war, arbeitete mit einem über-

---

*) Wir wissen gar nichts über dieses Drama. Eben so wenig kann ich mit der Notiz im Gothaer Theaterkalender 1776, 183 anfangen, Lenz arbeite an einem Schauspiel 'Lucretia oder die Frau ohne Bart'.

legenen Verstande; alles ist bei ihm planvoll abgezirkelt, der Pulsschlag seiner Personen so ruhig, dass ihre auflodernde, zum Umsturz führende Hitze nicht den zwingenden Glauben erweckt, wie die Wallungen der vollblütigen Menschen Klingers. Alles wird sorglich hin und her überlegt, überall Bewusstsein und Absicht, während bei Klinger ein besinnungsloser, unwiderstehlicher Drang tost. Leisewitz schürt ein langsames Feuer, Klinger steckt einen gewaltigen Scheiterhaufen in Flammen. Möchte man Leisewitz mehr Zündstoff zutragen, so thäte für Klingers Qualm und Gluth ein kräftiger Wasserstrahl noth. Er macht auch den alten Guelfo zu einem starrsinnigen Hitzkopf und gibt dem wilden Sohn keinen kalten französischen Confident, sondern einen von Melancholie zerrütteten Freund Grimaldi zur Seite, der einst die Tochter Julietta liebte, aber durch Ferdinando abgewiesen, nun die Trauer um die Abgeschiedene mit dem Hass gegen den Zerstörer seines Glückes vereinigt und so schon durch seine blosse Gegenwart Guelfos Rachegedanken steigert. Ferdinando und Guelfo sind Zwillinge. Dem gehätschelten Erstgeborenen wendet der Vater alles zu, Liebe, Gut und Ehren, indessen Ritter Guelfo, immer vernachlässigt und beeinträchtigt, auch da Zurücksetzungen empfindet, wo ihn in Wirklichkeit keine treffen. Als Knabe begehrte er ein schönes Pferdchen, Ferdinando erhielt es; er liebt Camilla mit der ganzen Leidenschaft seiner Feuerseele, der ruhige, glückliche Ferdinando führt sie heim. Und warum das alles? Weil Ferdinando der Erstgeborene ist? Ist er es wirklich? Oder ward nicht vielleicht schon die erste Stunde ihres Daseins durch Raub geschändet? Ist nicht doch der so viel heldenhaftere Guelfo der Erstgeborene und Ferdinando nur durch Betrug im Besitze seiner, Guelfos, Rechte? Diese düsteren Gedanken bohren sich immer tiefer in seine Seele ein und stacheln ihn zu einem zerstörenden inneren, bald auch zur That werdenden

Kampf um sein gestohlenes Eigenthum. Bin ich der Erstgeborene? Nein sagen der Arzt und die Mutter, ja dröhnt es in seiner Brust. 'Der Löwe Guelfo' wird er genannt und wie ein gefangener Löwe schlägt er gegen die verhassten Gitter seines Daseins. Er hasst den Bruder, den Vater, mit Grausamkeit paart sich die Liebe zur Mutter, und wenn er, seine Lust einmal zu büssen, aber zugleich um den Bräutigam zu reizen, die ihm entrissene Camilla liebkost, hat auch sein Kuss etwas vom Bisse des Raubthiers. Neue Beleidigungen, ein Schlag gar von der Hand des Vaters, die Enterbung, die Hochzeit — er muss seiner Wuth genügen, ersticht Ferdinando im Wald und wird selbst von dem Vater an der Bahre gerichtet.

Gegen ihn treten die anderen Personen weit zurück. Klinger darf den Bruder, von dem wir nicht klar erfahren, ob er nur ein ruhiges Widerspiel gegen die Kraftnatur Guelfos oder nebenher auch ein wenig Intrigant ist, mehr im Hintergrunde halten, als Leisewitz, da er weniger den Gegensatz, als die bestrittene Erstgeburt und die Zurücksetzung als Hebel benutzt. Uebertrieben ist die schroffe Abneigung des Vaters, gut die ängstliche, scheue Liebe der Mutter zu dem furchtbaren Sohne geschildert; mild und licht hebt sich auch die etwas verschwommen gehaltene Camilla von der dunklen Färbung des Ganzen ab. Grimaldi ist der morsche, körperlich und geistig sieche Pessimist, Guelfo der kraftstrotzende, unbändige. Seine Zweifel äussern sich nicht in spitzen Grübeleien, sondern entladen sich in dem Schrei leidenschaftlichster Empörung; seine Auflehnung ist ein Aufbäumen und die weichen Regungen, die ihm keineswegs fehlen, unterbrechen nur wie gleitende Lichter die düstere, durch und durch verbitterte und von Grund aus aufgewühlte Stimmung seines Herzens. Jagd, Trunk, wilde Musik allein thun seinen Nerven wohl. Seine Unbändigkeit bedarf täglich eines Excesses.

Leidenschaft und einen gewaltigen 'Kerl' als ihren Hauptträger forderte man ja von der Tragödie. So liess Klinger, was sich in ihm an unterbundenem Thatendrang, Weltverachtung und all der gährenden, brausenden, ziellosen Jünglingsleidenschaft gestaut hatte, in Wort und That Guelfos fluthen. Er fühlte sich auch zurückgesetzt, unterdrückt, er war auch kein Erstgeborener in der Welt und sah ingrimmig so viele schaale Schwächlinge die glücklichen Ferdinandos spielen. Dieser Ekel vor der blinden Willkür und dies alle anderen Gedanken verschlingende trotzige Streben, das Versagte zu erzwingen, waren es, welche beim Erscheinen des Stückes in vielen jungen Köpfen einen Rausch und Tumult erzeugten. Als die Ackermannsche Gesellschaft in Hannover die Zwillinge aufführte, lauschte auf dem letzten Platz ein ärmlicher Knabe athemlos den wildwüsten Worten von der ersten Scene an, da Guelfo von dem hageren Cassius phantasiert, bis zu dem letzten Gericht; seine Begeisterung stieg zu einer fieberhaften Siedehitze bei der wirklich packenden Scene, wo der Held sein entstelltes Antlitz, eines Mörders Antlitz, im Spiegel erblickt und, der Raserei nahe, das grausame Glas zerschlägt. Moritz hat uns im 'Anton Reiser' diese überwältigende Wirkung erzählt. Auch Iffland sass damals als Schüler im Theater. — Aber eben so begreiflich die unmuthige Aeusserung Bürgers, der doch etwas vertragen konnte, eine Bestie wie Guelfo müsse man todt schiessen, wie einen tollen Hund.

Klinger hat sich des Vortheils künstlerischer Steigerung beraubt, indem er gleich von Anbeginn seine Lawinen der Leidenschaft von der Bühne ins Parterre wälzt. Er hetzt und erdrückt den Zuschauer. So bleibt ihm keine weise Gradation übrig, sondern höchstens die Uebertreibung. Wir werden entweder bald abgespannt, oder gewöhnen uns an den gleichmässigen Lärm, so dass das Uebermass und der Mangel an Oekonomie in den Knalleffecten die Wirkung stark beeinträchtigt. Das gilt fast von allen seinen Dramen. Andererseits erregt im Gegensatz sowohl zu dieser ungezügelten Aufregung, als zu den viel unordentlicheren Stücken derselben Jahre die sichere Einheit der Handlung, die nicht ohne Geschick angebrachten Ruheplätze, die in der späteren Fassung noch sorgfältiger ausgeführte Motivierung, die symbolischen Vordeutungen (wie die Zerstörung der Orangerie und des Lieblingsbaumes durch ein Unwetter), und die besonnene Behandlung des Ortswechsels Erstaunen. In den 'Zwillingen' hat Klinger unstreitig sein bedeutendstes Stück geliefert Die gespannte Aufmerksamkeit auf die Bühnenfähigkeit des Werkes kam ihm trefflich zu Statten.

· Nicht allein in der Hamburger Arena kämpften die feindlichen Brüder; diese Zwietracht ward ein Lieblingsmotiv der mit scharfen Contrasten arbeitenden Dramatiker, die sich in ihrer neugenialen Ungebundenheit selbst im Widerstreit mit ihrer nächsten Umgebung fühlten. Sie statteten ihre Helden mit der eigenen Grösse und Wildheit aus und stellten ihnen natürlich einen Widerpart entgegen. Genie und hausbackene Amtsweisheit, Gefühlsüberschwang und kühle Vernunft, Schrankenlosigkeit und einengende Convenienz, Leichtsinn und Philistermoral, Vagabundenthum und Schwerfälligkeit, grosse Wirthschaft und kleinliche Berechnung, Natur und Raffinement, Ideal und platte Wirklichkeit, edle Schwärmerei und Gemeinheit stiessen an einander. Derlei Gegensätze gerecht abzuwägen lag der Zeit fern. Damals hätte Goethe noch keine Tasso und Antonio paaren können; er war trotz der persönlichen Werthschätzung des Urbildes im Werther unbillig genug gegen den braven Albert. Wie sehr dem vollen Masse der Sympathie meistens ein gleich volles Mass der Antipathie entsprach, können wir besonders bei Klinger und Schiller verfolgen. Mangel an künstlerischer

Reife trifft in diesem wie in anderen Punkten mit dem Mangel einer ausgebildeten Lebenserfahrung und Menschenkenntnis zusammen.

Wie sehr musste der Gegensatz an Wucht gewinnen, wenn der Dichter die Getrennten durch die Bande des Blutes verkettete, wenn er die, zwischen denen eine Kluft des Fühlens und Wollens gähnt, in den engen Raum einer Familie zusammendrängte, wenn es Brüder, ja wenn es in dem einen Falle Klingers gar Zwillinge waren, die der gemeinsamen Abstammung zum Trotz ihre unverträglichen Naturanlagen kämpfend entwickeln? Schon das antike Drama ist an der lockenden Aufgabe nicht ganz vorübergegangen und das antikisierende des siebzehnten Jahrhunderts bemächtigte sich derselben von neuem: so hat Gryphius in seinem 'Papinian' den Brudermord und die Klagen der Mutter mit bewunderungswürdiger dramatischer Kraft vorgeführt. Auch Shakespeare hatte vorgearbeitet: im 'Lear' steht Cordelia gegen Goneril und Regan, bilden die Söhne Glosters ein feindliches Brüderpaar. Hier liegt wohl der Anstoss für Klinger, der nach schwächlichen Versuchen der vorausgehenden Generation zuerst von den Sturm- und Drangdramatikern den Vorwurf tragisch aufgriff in seinem vom 'Lear' ja so abhängigen 'Otto'. Der verstossene Karl zeigte schon als Knabe hochfliegende Gedanken von Edelmuth und Grösse und einen kühnen Stolz, dagegen ist Konrad der heuchlerische, feige, intrigante Schleicher und Bösewicht. Dieser Contrast wiederholt sich in den Söhnen des 'Stilpo', Horazio und Pedro. Ohne feindselige Characteristik des zweiten in den 'Zwillingen' und in Leisewitzs 'Julius'. Von diesen beiden Werken ausgehend, aber grell contrastierend schuf*) Schiller die Brüder Karl und Franz Moor. Goethe

---

*) Dass Schiller Klingers 'falsche Spieler' nicht gekannt hat, ist durch die Chronologie erwiesen. Aber er kannte Guelfo, Julius, Crugantino und wol auch die Brüder im 'Otto'. Der alte Herzog liebt den Verstossenen

hat wenigstens einmal das Thema, nur romantischer, angeschlagen in der 'Claudine' — ich meine natürlich nicht die leichte, seichte zweite Fassung, — wo das Ideal der 'herumschwadronirenden', bis nahe ans Verbrechen leichtsinnigen und doch hinreissend liebenswürdigen Vagabunden Crugantino so wenig mit seinem still daheim hockenden Bruder Pedro harmoniert. Klinger konnte nicht oft genug zu dem unerschöpflichen Gegenstande zurückkommen: noch folgen der noble Lump und Voltenschläger Franz und der habgierige, erbärmliche Karl in den 'Spielern', und halb schwärmerisch, halb wie in der Zauberposse die holde Fatime und der hässliche Tölpel Halli des 'Derwisch'. Am harmlosesten erscheint der Contrast, wenn er aus dem Waffengeklirr in die Kinderstube geführt wird (im 'Otto'), wo der eine Knabe von frühen Heldenthaten träumend stolz auf den anderen, einen kleinen Stubengelehrten gleich Götzens Söhnlein Karl, herabblickt. Schiller leistete später eine reine tragische Behandlung in der 'Braut von Messina'. Klinger, endlich auf Bruderhass und Brudermord im Drama verzichtend, versuchte zuletzt im romanhaften Dialog sein eigenes zwiespältiges Wesen in zwei Gestalten, 'Dichter' und 'Weltmann' ruhig auseinander zu setzen.

Aber seine Dramen wissen nichts von Versöhnung, nur von Kampf und Auflehnung. Nicht zuletzt von ihnen erhielt der junge Schiller auf der Karlsschule seine Losung In tyrannos! Goethe hat seinem 'Götz' gleichfalls ein politisches Motto gegeben und frisch ertönt in dem Stücke der Ruf 'Es lebe die Freiheit!' Dieser Ruf ist die Losung der ganzen Generation auf allen Gebieten der Le-

---

heimlich weit inniger, als den Schleicher Konrad, der sich dann so grausam unkindlich zeigt. Die Schwärmerin Gisella bittet für Karl. Wenn sie dem Greise auf der Laute wehmüthige Melodien vorspielt, ist es, als sähen wir den alten Moor und Amalia zusammen. Zuletzt stirbt der Herzog in den Armen seines Rächers Karl.

bens- und Kunstanschauung. Sie wollten freie Menschen sein — das ist ihr Lebensideal, und frei schaffende Poeten, ihr künstlerisches. Das Freiheitsideal und der Tyrannenhass, wie ihn die Göttinger in Liedern und Dithyramben ausposaunten, bilden die Seele der Klingerschen Dramatik. Nach Befreiung ringt Guelfo; nicht in der Familie allein sieht er sich verkürzt, auch die Höheren haben sich gegen ihn versündigt. Schon das bürgerliche Trauerspiel 'Das leidende Weib' wirft einen Seitenblick auf die faule Politik des Jahrhunderts. Der Jünger Rousseaus würde gewiss nicht versäumt haben, dem Clavigostoff wenigstens einen leisen Ruck ins Politische zu geben, was Goethe künstlerisch verschmähte. Obwohl alles staatliche Interesse fallen sollte, ist Lessings Emilia Galotti eine politische, eine republikanische Tragödie, denn der sühnelose Schluss entlockt jedem den Zuruf 'Du bist zu gut weggekommen' und peitscht den Bürger zum Hass gegen die Willkür der Duodezfürsten und ihrer Helfershelfer. Odoardo ist nicht nur der Vater, der die Tochter lieber tödtet, als in ihrer Ehre bedroht sieht, er ist auch der misstrauisch nach oben blickende und dort übel angeschriebene graue Republikaner. Kein Stück hat Klinger so tief angeregt, als Emilia Galotti. Er wählte den romanischen Süden zum Schauplatz politischer Trauerspiele. Er zeichnete irregeleitete Fürsten und verbrecherische Günstlinge, Prinzen, welche der weiblichen Tugend nachstellen, mannhafte Freiheitshelden und Bekämpfer der Tyrannis, Heroinen von der Leidenschaft und Schärfe der Orsina, aber tugendstolz dazu.

'Plutarch, mein Lehrer, mein Tröster' hatte Rousseau gerufen. Aus dem tintenklecksenden Säkulum flohen Klinger und Schiller zu den grossen Menschen des Alterthums. Im Plutarch liest Guelfo, liest Karl Moor. 'Du hast den Plutarch im Fieber gelesen' sagt Ludowiko zu Julio. Der Sprung von der modernen 'Emilia' zu dem Ideale altrömischen Geistes ist nicht eben gross, denn Odoardo hat keinen Zug vor dem römischen Heldenvater des alten Virginiaentwurfes voraus. Er ist wirklich ein römischer Republikaner. Aber es ist nicht die Blüthezeit des römischen Staatswesens, auf welche Klinger blickt, sondern die greuelreiche Periode seines Verfalles unter den Kaisern, die Tacitus in seinen bitteren, pessimistischen Geschichtswerken geschildert hat. Gross zu sein wie Cäsar, doch ohne cäsarische Herrschsucht, freiheitsliebend zugleich wie Brutus ist das Ideal. Und die Matronen gedenken der alten Römerinnen und treten mit ein in den Kampf um die Freiheit. Ob Florenz oder Madrid, Klinger denkt an das alte Rom. Sein Alviero möchte wie Odoardo das geschändete Leben der Nichte durch einen Stoss enden, er möchte sie auf den Marktplatz tragen, damit jeder Blutstropfen Rächer werbe, wie einst das Blut der Lucretia: 'Brutus zog den Dolch aus dem Busen der Entehrten, und die entflammten Römer schwuren den Eid zur Freyheit, den Eid zur künftigen Grösse'. Am deutlichsten verrathen sich diese Einflüsse in dem Trauerspiele 'Die neue Arria' (1776). Schon der Titel sagt es und in dem Stücke selbst wimmelt es von Beziehungen. Ludowiko wird mit Sulla, der Tyrann Galbino mit Tiberius verglichen. Sittenlosigkeit herrscht an dem Hofe, treue Räthe fallen, der Fürst ist so feig, als heimtückisch und wollüstig. Gewalt wüthet in dem Herrscherhause, nach Rache schreit die Wittwe des ermordeten Herzogs, nach Rache die gequälte Gattin des regierenden Verbrechers und zur Rache verbünden sich die Freiheitsschwärmer Julio und das Machtweib Solina, nach deren Reizen es Galbino vergebens gelüstet. Aber sie erliegen dem Verrathe und der Uebermacht und sterben im Kerker, Solina mit den Worten der Arria 'es schmerzt nicht'. Glücklicher endet der gleichzeitige 'Simsone Grisaldo', wo der edle Feldherr den Hof säubert und fortan dem nur aus Schwäche fehlenden, bisher übel geleiteten Herrscher kräftig zur Seite steht. Im 'Stilpo' (1777) droht die Sache der Freiheit zu scheitern. Piedro ist ein jämmerlicher Sclave des Hofes geworden; der feurige Horazio liebt Seraphine, die Tochter des feindlichen Pomponius — wieder schwebt 'Romeo und Julia' vor; auch der sonst so kalte Piedro erglüht lüstern nach dem Besitze des schönen Mädchens — er steht in einem Conflict zwischen Neigung und Pflicht. Die Verschworenen schlagen los: Stilpos Neffe Rinaldo, dem die Rache für den hingerichteten Vater zur fixen Idee geworden, tödtet den mächtigen, herrschsüchtigen Pandolfo, Horazio und sein Vertrauter Anselmo fallen, Stilpo wird eingesperrt, aber seine Gattin Antonia ersticht den Tyrannen Hilario. So ist am Schlusse die Freude über den Sturz der Verhassten gedämpft durch die Klage über die verlorenen Söhne, in welche Seraphine trauernd einstimmt. Wieder hat Klinger ausser anderen Reminiscenzen an seine 'Zwillinge' das Künftige symbolisch in einer Gartenscene angedeutet: zwei den Söhnen gleichaltrige Bäume vergehen, der Wurm frisst die Wurzeln des einen, den andern knickt ein jäher Sturm in seiner schönsten Blüthe. Das Drama der russischen Zeit 'Der Günstling' (1785) schont den schwachen, reuigen König und wendet sich in einer tendenziös doctrinären Weise nur gegen den hinterlistigen Favoriten Diego, der um sich selbst auf den Thron zu schwingen und den Feldherrn zum blinden Helfer zu gewinnen, den König reizt, Gabriele, des siegreichen Brancas Braut, die Nichte des alten Republikaners Alviero, zu verführen. Sie siecht dahin. Die Aehnlichkeit mit der Berthaepisode des Fiesco springt in die Augen, besonders gleicht der 'stürmische Graukopf' Alviero dem Verrina. Der Arzt seiner Ehre unterdrückt mit erkünstelter Ruhe den Gedanken an die persönliche Schmach, um den verletzten Staatskörper wieder einzurenken. Es ist immer antik-römische Empfindung, welche diese Helden Klingers lehrt, zuerst unerschütterliche Bürger, dann erst Menschen zu sein. Aber eben darum lässt dieses auch schlecht exponierte Drama den Leser so frostig. — Auch der 'Roderiko' zählt mit seinen grellen Contrasten zu dieser Reihe. Und in den Romanen nehmen die Sultane, Vizire, Freiheitskämpfe und Hofintriguen gar kein Ende.

Stücke wie 'Otto' und 'neue Arria' Goethe zuzuschreiben, musste man so enthusiastisch sein, wie Schubart, oder so unschuldig, wie Vater Gleim. 'Die neue Arria ist bei Gott nicht von Goethe' schreibt Heinse ganz entsetzt über diesen Verdacht und fügt hinzu, der Verfasser, Klinger, sei ein wilder junger Mann voll Unsinn und Geist. Eine grosse Episode der Arria ist allerdings theils der Malerscene aus 'Emilia Galotti', theils dem 'Clavigo' nachgebildet. Ein bischen Petrarca kommt hinzu. Man mag die lose Verbindung mit dem Ganzen noch so hart tadeln, so hat Klinger hier doch gezeigt, dass ihm der Ausdruck ruhiger Schwärmerei, getragener Empfindungen, wehmüthiger Rührung nicht versagt war. Laura, des alten Malers Paulo Tochter, ist von dem vornehmen Julio verlassen worden und krankt schwindsüchtig dem Tode entgegen, eine süsse Leidende, welche der Lehrling Amante inbrünstig liebt. Heimlich hat er ihr Bild mit der Kunst 'Raphaels' gemalt, voll wahrer Innigkeit und sanften Schwungs sind seine Liebesergüsse. Ein schmerzliches Wiedersehen noch mit Julio, der in den Banden der starken Solina liegt und sich seiner Schwäche anklagt, wie Clavigo, dann stirbt sie; Paulo malt sich blind, um die holde Leiche auf der Leinwand festzuhalten. Geleitet von dem armen Amante bringt er das Portrait zu Julio. Ein Seitentrieb des bürgerlichen Trauerspiels gepfropft auf ein politisches Drama. Ein Wust von Episoden wuchert in dem phantastischen 'Simsone Grisaldo'. Auch Reminiscenzen aus Goethe, nur nicht so äusserlich zusammengerafft, wie im 'Otto'. Schon die Gesandtin fesselt Brand mit ihren Haaren und Almerine windet ihre Locken als Liebesketten in die dunklen Grisaldos; ein Bild, wie in der 'Stella': 'Rinaldo wieder in den alten Ketten'.

Im grossen und einzelnen lassen sich auch die von Shakespeare empfangenen Anregungen verfolgen. Was dem Briten den vollsten Ruhmeskranz dramatischer Grösse verleiht, die Entwicklung der Charaktere und Leidenschaften, gebricht dem deutschen Schüler bis auf schwache Ansätze. Fertige Conflicte und gleich Anfangs zum äussersten erhitzte Gemüther beherrschen sein Drama. Aber es nimmt für Klinger ein, dass auch aus seinen tollsten Rasereien und verstiegensten Tiraden immer ein wirkliches, wenngleich verzerrtes und, so zu sagen, überheiztes Gefühl zu uns spricht. Wir hören Uebertreibung, aber keine baare Lüge und Unnatur. Wir müssen immer an die erregte Zeit ihres Werdens denken. Anton Reiser vergass bei Guelfo den unterdrückten Fürstensohn und sah nur den von der Wiege an unterdrückten Menschen. Die Extravaganzen und Purzelbäume der Klingerschen Tragik verkenne ich so wenig, als irgend jemand; ich möchte ihn nur historisch erfassen, nicht einem vorgeschrittenen Geschmacke anpreisen. Derlei würde mir so abgeschmackt vorkommen, wie die sich leider bedenklich mehrenden Versuche der neuesten Zeit, dem Publikum die kraftgenialen dramatischen Cruditäten unseres Jahrhunderts als die wahren Offenbarungen der Kunst aufzuschwatzen. — Dennoch lässt sich den Scenen, wo der alte Herzog mit dem wahnwitzigen Gorg den Lear tragiert oder ein altes Weib dem Otto im Wald dunkle Weissagungen zuraunt, wie dem Macbeth die Hexen, wo Otto in einem kurzen Monolog über den Selbstmord grübelt, wie Aias oder Hamlet, wo Guelfo nach seiner Unthat nur schlafen, schlafen möchte und nie wieder erwachen, wo die entthronte und vereinsamte Fürstin dem Galbino flucht, wie Margarethe dem dritten Richard, wo der Wahnsinn phantasiert, wo wie so oft bei Shakespeare alle Schrecken der empörten Elemente, Nacht und Gewitter, die Schrecken der Situation begleiten, ein gewisser verwilderter Shakespearescher Wurf nicht abstreiten. Und nicht unglücklich eignet sich der verbitterte Guelfo den Sarkasmus des hageren Cassius an, um seinen hochgestiegenen, schwachen Bruder zu zeichnen. Auch in einzelnen Wendungen verräth sich die eifrige Lectüre Shakespeares. So erinnert Normanns Wunsch, Gisella 'so früh zu kosten, wie wenn man die frisch bethaute Rose am Stock riecht' an das unvergleichliche 'dufte mir vom Stamm' (Baudissin für I'll smell thee on the tree) des Othello. Aber an Shakespeares Komik hätte sich Klingers derbe Faust doch ja nicht vergreifen sollen, denn wie ekelhaft hat er im 'Simsone Grisaldo', da wo die Mädchen den verrückten Curione peinigen, den Falstaff und die lustigen Weiber parodiert. Ueberhaupt ist ihm die Mischung von Komik und Tragik wenig gelungen, leidlich noch in der Figur des halb an Falstaff, halb an römische Prasser erinnernden Fettwanst Pomponius, am besten in dem lustigen verwachsenen Ballona. Aber die innerlichen Kunstgeheimnisse Shakespeares waren ihm fremd. Ja, man darf sagen, Klinger, gerade weil ihn selbst eine unbändige Leidenschaft — oder sage ich besser Aufgeregtheit? — schüttelte, hat mehr die Aeusserlichkeiten der ausgewachsenen Leidenschaft, als den inneren Process der wachsenden darzustellen vermocht.

Es liegt nahe, von diesen 'deutschen Shakespeares' auf die entlegenen Tage des vorausgegangenen Jahrhunderts zurückzublicken, als die englischen Komödianten ihre wüsten Verballhornungen, wie einen wilden Vortrab vor den erlesenen Kerntruppen, in Deutschland einrücken liessen. Allerdings kam Klinger der inzwischen siegreich vorgeschrittene litterarische Geschmack, die Bekanntschaft mit den grossen Kunstepochen der Vergangenheit, der echte

Shakespeare, die Umgestaltung des ganzen Theaters zu Gute, und doch hat es eben so viel Sinn mit J. Elias Schlegel eine Parallele zwischen Shakespeare und Gryphius zu ziehen, wie zwischen jenem und Klinger, oder zwischen Klinger und einem Dramatiker des siebzehnten Jahrhunderts, eben so viel Sinn, mit Lessing bei Christian Weise an Shakespeares Volkscenen und Spässe zu denken, wie bei Lenz an Weise. Als Lessing sich über die Dramen der Geniezeit ärgerte, schalt er sie Haupt- und Staatsactionen. Die neuen Mischspiele mit ihrer aus den Fugen gegangenen Technik, ihrem Lärm und ihrer Grobheit erinnerten ihn an die alten Mordspectakel und jene aus steifleinener, marionettenmässiger Gravität und plumpem Realismus im Komischen gewirkten Historien. Die Greuel der Folterkammern, die Henkergrausamkeit der alten tragischen Metzgerbank, die platzenden Blutblasen der Ayrer u. s. w., die ekle Geilheit orientalischer und römischer Lüstlinge waren freilich überwunden und Klinger verlegt sogar viele Mordscenen und dergleichen hinter die Coulissen, auch über die opernhafte Vertheilung des Dialogs und die sentenziöse Rhetorik war man hinweggeschritten — und doch wie viel Verwandtes. Nicht durch ein absichtliches Zurückgreifen, wie bei der jungen Romantik, sondern durch gleichen Unverstand und ähnliche Veranlassungen. Nicht alles fällt dabei auf die Seite des Ungeschmacks. Die unterdrückte Rousseaustimmung griff in das römische Alterthum zurück, um Republikaner und Tyrannen zu contrastieren, meist mit dem Siege der Freiheit, denn die Jugend hoffte viel, das gedrückte Geschlecht des siebzehnten Jahrhunderts sah in den Dramen Gryphs und Lohensteins edle Verschworene gegen entsetzliche Willkür kämpfen, meist mit der Niederlage der Streiter, denn man duldete viel und hoffte wenig. Dort erhob der siebenjährige Krieg, hier lastete der dreissigjährige. Tyrannische Wollust spielte eine Hauptrolle.

Der Fall hoher Günstlinge war ein Lieblingsthema Weises. Crass werden die Leiden der Opfer geschildert; der Hungertod in Gerstenbergs 'Ugolino' hat einen tragikomischen Vorläufer in*) Hallmanns 'Theodoricus Veronensis'. Die neuen Kraftphrasen waren ein ebenso typisches Erbgut und ein Tummelplatz ausschweifender Hyperbeln, wie die Donnerkeile und geschraubten Metaphern der Schlesier oder der herumziehenden Mimen. Wären Dramen vom Schlage der Arria und des Simsone Repertoirestücke geworden — und Klinger war Theaterdichter! — so würde unrettbar die durch Gottsched und Lessing glücklich aus dem Sumpfe gezogene Schauspielkunst wieder dem rohen Naturalismus der verflossenen Epoche verfallen sein und man hätte noch viel länger auf den klassisch idealen Stil der Weimarer Schule warten müssen. Für einen Darsteller ist es ganz dasselbe, ob Heinrich Julius von Braunschweig ihm ausdrücklich vorschreibt 'Brüllt wie ein Ochs' oder ob er in der Rolle des Klingerschen Otto die Worte findet 'Brüll, brüll, brüll, Otto!', er kann beide Male nichts anderes thun, als sich kirschbraun schreien. Declamation, Gesticulation, Mimik, alles muss ausarten. Dieselbe Wüstheit zeigt, einige Dramen Klingers ausgenommen, auch die dramatische Composition mit ihrer fahrigen Unruhe, ihrem Ueberall und Nirgends, in der volksmässigen Historie des siebzehnten und im echten Geniestück des achtzehnten Jahrhunderts; ein zweiter Holberg hätte den lockendsten Anlass zu einem neuen 'Ulysses von Ithacia' gehabt.

---

*) Die Scene Hallmanns 2,2 ist zu schön, als dass ich sie nicht andeutungsweise dem Vergleiche mit 'Ugolino' preisgeben sollte. Vier Bischöfe verhungern unter melodramatischen Klagen! Erst 'fantasirt' einer, dann Tutti: 'Ach abgemergelte Hertzen, Ach unerträgliche Schmertzen'. Ganz symmetrisch. 'Erst stirbt Johannes Hungers, dann Agapetus II, endlich, und zwar zugleich, Agapetus I und Theodorus. Sie sind durchaus nicht die einzigen und nicht einmal die Hauptopfer des Stückes.

Man fühlt sich bei Klinger oft wie in einem Narrenhause, umgeben von einer Welt von Fratzen. Auch die idealen Figuren haben etwas verzerrtes und sind meist so vollgeblasen von Leidenschaft, dass man fürchtet, sie möchten platzen. Dieser jovialische Julio, dieses hinreissende Mannweib Solina, dieser Simsone Grisaldo, auf welchem Lessings klarer Blick nicht verweilen konnte, — es ist zu viel des guten. An den Simsone reichen höchstens ein paar Grabbesche Caricaturen oder Hebbels Holofernes heran. Nur verschont uns Simsone mit seiner Philosophie. Löwenstark wirft er alles nieder, als genialer Feldherr schlägt er die saracenischen Heere, ein sinnlich gieriger Don Juan bestrickt er dämonisch die Weiber, ein wilder Zecher trinkt er die anderen unter den Tisch, ein patriotischer Staatsmann leitet er den König auf die rechte Bahn. Am besten glücken die Heldenväter und die Matronen. Nie fehlt ein blasierter Menschenhasser, ein aussen kalter, innen glühender Streber. Der Castrat Ludowiko und der teuflische Drullo sind würdige Gefährten des Tyrannen Galbino. Gleich abstossend wird oft auch die äussere Erscheinung geschildert. Ekelhaft ist das Zerrbild eines verrückten, nach Liebesgenuss lechzenden, genarrten Pedanten in Klingers unnatürlichstem Drama, dem 'Simsone Grisaldo'. Unbedenklich bringt Klinger das Sinnlichste auf die Bühne: nicht ohne einen kühnen Wurf in Simsone und seinen heissen Mädchen, pathologisch lächerlich in Curione, naiv bestialisch in dem Infanten Zifaldo, der maurische Wildheit mit otaheitischer Unbefangenheit zu verbinden scheint. Der 'Simsone Grisaldo' war es, der dem Dichter den Spottnamen des 'Löwenblutsäufers' eintrug.

Diese Leutchen können vor lauter Erregung oft die Worte nicht herausbringen; sie behelfen sich mit Naturlauten 'huh' 'hi' 'ha ha', stammeln und gurgeln, wie der geknebelte Böttiger in Tiecks 'gestiefeltem Kater'. Die

Otto, Wild, Julio u. s. w. fühlen selbst, dass es mit ihnen anders werden muss. Julio schreit: 'Zapf mir das Blut ab, verkälte es wie das Deinige, erstick meine Hitze, mein Feuer, erwürg mein Gefühl oder schaff mir einen Platz, wo ich all meine Thätigkeit, all mein Vermögen brauch.... O ich halt das dumme, matte Leben nicht mehr aus...... den trägen Eselsgang'. Klinger hat die Neuerungen der Geniesprache ins Masslose gesteigert und Lichtenberg die neuen Stilarten des böotischen Shakespeares nicht unwitzig mit possierlichen Namen belegt. Vielen Derbheiten kann man ähnliche etwa aus dem Götz vergleichen, auch die Wüthigen, die einander am liebsten anbeissen und auffressen möchten, — nicht etwa vor lauter Liebe, wie man sich damals 'fresslieb' hatte — können sich allenfalls auf die cannibalischen Gelüste des Beaumarchais im Clavigo berufen, aber ein so tolles und dabei doch dem Dichter nicht unnatürliches Pathos hat niemand entwickelt. Der erbärmliche L. Ph. Hahn wollte dann den Tyrannen übertyrannen. Ich werde nicht die schlimmsten Kraftstellen herausgreifen, wie sonst wohl geschieht, um keine falsche Vorstellung zu geben, sondern auf dem gewöhnlichen Niveau der Affectsprache bleiben. Sehr schlimm sind alle Monologe des Otto, der sich in der Verzweiflung das Hirn ausschlagen will und schon im zweiten Acte loslegt: 'hier wirf dich hin, Wurm mit der Riesenseele und krepir'. Curione will die Infantin mit seinen Augen nicht verzehren, sondern fressen, ein anderer Simsone und Isabella mit seinen Augen nicht durchbohren, sondern 'todtschmeissen'. In der 'Arria' sollen die Augen 'das Weltall zerschlagen'. Wehmüthig singt Amante sein einfaches Nachtlied:

'Dumpf ruft die Glocke Mitternacht,
Es schwirrt und hallt so öd' um mich.
Verlohren, einsam irr' ich hier,
Klag' durch die Nacht, sie hört mich nicht.'

aber Julio hat 'wahrhafte Rasereyen', 'wüthige Verse ohne Metrum, ohne Harmonie, die so wüthig sind, wie er' gedichtet, das heisst, gerade heraus gesagt, den verrücktesten Bombast:

> 'Blick Wonnevoll und Geists!
> Ha! so hast du meine Seele,
> Gefangen in der Gluth,
> Und wälzt sich dort in Reizen all?
> Blitz zurück! Liebe heisser noch....
> Immer mächtiger...Ich ras' die Liebe.'
> 'Sodann du Apfel glühenden Aug's!
> Fest und wälz im Wonnenmeer!
> Punkt und Punkt! Strahl in Strahl!
> Flammen durchgekreuzt! Seel in Seel!
> O weh, der Blick zerschlug mich ganz!
> Nun dann Heben! Leben! oder Tod!'

Ist das Spass? Wirklich scheint Klinger manchmal recht absichtlich, auf die neue Geniefreiheit pochend, die ungewöhnlichsten Phrasen zu häufen. Nach Geständnissen wie 'meine Seele glühend, fahrend in deinen Aug'! brennend meine Lefzen! Stotternd meine Zunge! Vergehend und wirbelnd meine Sinne' lässt er die Dame bemerken, diese Liebeserklärungen seien von beiden Seiten nicht nach der Mode gewesen.

Ein anderes ist es, wenn Goethe, aus dem Sessenheimer Pfarrhause blickend, seine innere Bewegtheit in einem Briefe malt: 'meine animula vagula ist wie's Wetterfähnchen drüben auf dem Kirchthurm', er sieht es 'drüben' und vergleicht, — ein anderes, wenn Klingers Wild in eine Wirthsstube mit den Worten poltert: 'Heida! nun einmal in Tumult und Lermen, dass die Sinnen herumfahren wie Dachfahnen beim Sturm' und mit diesem unmotivierten Bilde das Stück eröffnet, damit jeder weiss, dass es 'Sturm und Drang' gibt, oder ein anderer Held seine Unruhe schildert 'ich fahr herum wie ein Wetterhahn auf dem Thurm beym Sturm'.

Dieses Ausbrüllen kann keinen schrofferen Gegensatz haben, als den sparsamen, fast geizigen Lakonismus der 'Emilia Galotti'. Dass Klinger von Lessing allerhand gelernt hat, haben wir bereits verfolgt und könnten dieser Nachahmung bis in kleine Wirkungen und einzelne bewusst oder unbewusst entlehnte Wendungen nachgehen. Später wurde ihm der 'Nathan' ein Buch der Erbauung, der 'Stolz der deutschen Litteratur'. In seinen Betrachtungen, in den Romanen sucht er gern diese Spuren auf und bildet seinen einzigen edlen Khalifen offenbar nach Saladins Vorbild; aus einem fruchtbaren Worte des Derwisches Al Hafi 'Am Ganges, am Ganges nur sind wahre Menschen' ist ihm ein ganzes Drama erwachsen 'Der Derwisch' (1779), worin Rousseauisch und zugleich in der Art orientalischer Märchen die üppige Paschawirthschaft und die immer wieder jenen Lessingschen Vers variierende, schliesslich auch in That umsetzende Sehnsucht nach der stillen Natur und den unverbildeten Menschen am Ganges gegen einander stehen. Schon in der ersten Periode hat Klinger trotz den sprachlichen Excessen sowohl die verbissene Tonart sammt dem bitteren Lachen der Lessingschen Tragik sich angeeignet, als auch oft in Lessings Weise seine pathetischen Wiederholungen, seine Redefiguren, Wortstellung und Wortklang Silbe für Silbe berechnet.

Andererseits darf man wohl den feierlichen, gern in gemessenen Rhythmen einherschreitenden Parallelismus der Sätze und die Vorliebe für den Schwung der bildlichen Rede auf die Bibel zurückführen. Als Knabe hatte er in ihr, wie natürlich, das erste und, ebenso begreiflich bei den kleinen Verhältnissen des Hauses, lange Zeit das einzige Buch. Diese Thatsache steht ohne urkundliche Zeugnisse fest. Doch denkt Klinger jedesfalls an eigene Erfahrungen, wenn er einmal in den 'Betrachtungen' bemerkt: 'Die orientalischen Metaphern, Hyperbeln und Bilder, die wir in der frühesten Jugend, als ersten Unterricht in den Grundbüchern der Religion lesen, sind es, die die Köpfe der meisten so verwirren, exaltiren und verzerren, dass sie späterhin der nordische, kältere Sinn selbst nicht mehr heilen kann'. Zwar ist Klinger weder unter die Patriarchadendichter oder Messiassänger gegangen, noch hat er mit Gessners verwaschener Sentimentalität oder Müllers pfälzischer Naturfülle ringend Idyllen geschrieben, noch die auch von ihm bewunderten Dramen Klopstocks nachgeahmt, aber alle diese, bei dem einen Müller schon ohne gläubige Andacht, sondern in freier Phantasie behandelten biblischen, richtiger alttestamentlichen, Gegenstände und Personen schwebten wenigstens vorbildlich vor seinem schaffenden Geiste. Bei Guelfo und Ferdinando musste er an die ältesten feindlichen Brüder Kain und Abel denken. Die Parallele drängte sich ihm so stark auf, dass sie nicht nur ein allgemein verstärkendes Motiv wurde, sondern, wie sie Klinger selbst klar empfand, auch von den solchergestalt handelnden Personen gewahrt und ausgesprochen wird. 'Bin ich Hüter deines Sohns?' erwidert Guelfo trotzig. Die Frage 'wo ist dein Bruder?' stört den Mörder aus seinem unruhigen Halbschlummer auf, er ruft selbst 'ha, Kain, kannst du nicht schlafen?', um dann dem Alten verstockt zu entgegnen 'ich habe keinen erschlagen, weiss von keinem . . . . . ich hatte keinen Bruder'. Und bevor der Greis, ein starrer, alttestamentlicher Rächer, die Familientragödie in einem kurzen, feierlichen Threnos austönen lässt, vergleicht er: 'ich stehe da, wie Adam, als ihm der Gerechte erschlagen ward. Eva heult, die Braut klagt, Kain flucht den Alten — Rache und Weh!' An 'Esaus Geschichte' muss Guelfo bei allen Zurücksetzungen denken. Oder ein Tyrann gesteht 'Auf mir ruht Sauls böser Geist'. Am stärksten zeigt sich der biblische Einfluss im 'Simsone Grisaldo'. In allem, nur nicht im Unglück, gleicht der spanische Held seinem jüdischen Namensvetter. Schwarze Locken umwallen sein Haupt. Man überfällt ihn, aber seine Kraft überwältigt tausende. Auch aus bestrickenden Liebesscenen sehen wir ihn entrinnen. Zweimal soll Isabella die verrätherische Delila spielen; das zweite Mal will sie ihn wirklich zur Blendung ausliefern, doch misslingt der Anschlag. Wieder weist Simsone ausdrücklich auf das Vorbild hin: 'so sollen sie mir die Augen ausstechen, mir einen Strohkranz aufsetzen, und ich will im Lande herumziehen, der blinde Simson, und dem Volk Stückchen auf meiner Geige kratzen'.

Im Simsone hatte Klingers geniale 'Wüthigkeit' ihren Höhepunkt erreicht. So gieng es nicht weiter. Seine 1776 und 1777 erschienenen Schleuderarbeiten konnten weder auf der Bühne, noch bei der Lectüre Glück machen. Gross war das Publikum ohnehin nicht, dass die nichtgoethesche Geniepoesie cultivirte, auch hinderte die Anonymität ein persönliches Interesse. An die Aufführung denkt er freilich immer; denn dass seine Dramen auf die Anschauung berechnet sind, lehrt schlagend eine Beobachtung, die ich nur bei Klinger gemacht habe und die ich die Technik des lebenden Bildes nenne. Es fällt nicht mit Lenzens winzigen, abgerissenen, vorbeijagenden Scenen zusammen, wenn Klinger wie ein bildender Künstler eine Gruppe fixirt, nicht in einem flüchtigen Moment, sondern in einem fruchtbaren Augenblick. Der Vorhang geht auf, wir sehen eine Sterbescene in der Familie Hungen oder die ergreifende poetische Situation: Lauras Leiche, Amante zu ihren Füssen trauernd hingelehnt, Paulo vor der Staffelei, das Bild der Todten vollendet, der Pinsel entsinkt ihm, er hat sich um sein Augenlicht gemalt; ein paar Worte gleichsam als erläuternder Text gesprochen, dann fällt der Vorhang. Doch ist derlei mehr ein bizarres Spiel, als eine künstlerische Uebung. Klinger lenkte ein im 'Stilpo'.

Er gieng sogar bald so weit, munter in den Spott der Freunde über das närrische Geniethum einzustimmen. Gewöhnlich schreibt man ihm in erster Linie die Satire 'Plimplamplasko der hohe Geist (heut Genie)' zu. Das ist nicht richtig. Dieses spassige Werklein, nicht für den Buchhandel bestimmt, wurde bei ländlicher Musse in Pratteln von Sarasin, Klinger, Pfeffel und Lavater gemeinsam abgefasst, gewiss nicht ohne Spitze gegen Klinger selbst, nur dass dieser, ohne seiner Ketten schon völlig ledig zu gehen, gute Miene zum bösen Spiel machte. Plan und Ton gehören entschieden den Schweizern. In einer dem sechzehnten Jahrhundert nachgebildeten Schreibart auch mit stilgemässen Holzschnitten wird Glück und Ende des Genies Plimplamplasko erzählt, wie er nach einer grobianischen Jugend, ein Colossus in der Art des Gargantua, von einer Faya geleitet auszieht, um den Puro Senso, das ist den ruhigen, hoheitsvollen Genius der Poesie zu erlegen. Er schmiedet den schönen Jüngling, oder wie er sagt den 'Bub, still und kalt wie Eiss' an einen Felsen und beginnt als Herrscher seine Segnungen auszustreuen. Die Schriften der bisherigen Dichter verfallen dem schmählichsten Untergang. Er heiratet die Prinzessin Genia, hat aber gar schnell abgewirthschaftet; das Geniereich wird mit Schimpf und Schande gestürzt und nach dem kläglichen 'End der Grossgeisterey' der Puro Senso wieder zum Regiment berufen. All das in derber, unflätiger, doch nicht unwitziger Manier vorgetragen. Namentlich von Klinger gilt, was über die neuen Geniedichtungen gesagt wird, die alles aus der 'wahren und gemeinen Existentiae' schrauben, im Nebel tappen, hoch und kräftig taumeln und bummeln, die Lumpennervlein zerreissen, 'die neu Kraftgesaze, die gestimmt thäten seyn nach dem Ideali', da alles Gährung, Göttersinn und Götterkraft, 'hoch und gross Geisterey' ist, da man aber 'nit mehr die Vestigia des Puro Senso merkt'. Zum Schlusse ein Bild, wie ein Mann einen übers Knie gelegten Buben kräftig mit der Ruthe bearbeitet.

Bald vollendete die kältere Petersburger Hofluft die Abkühlung seines heissen Jugenddranges. Er hatte ausgetobt und setzte alles daran, sich innerlich und äusserlich durch strenge Selbstzucht zu befestigen. Fremd und abstossend starrte das Treiben der hohen Gesellschaft dem Schüler Rousseaus entgegen. Er konnte kein abtrünniger, fahnenflüchtiger Derbin werden. Er glättete sich, um sich zugleich mit einer bitteren Gleichgiltigkeit gegen die neuen Eindrücke zu wappnen. Denkmäler dieser Stimmung sind die Komödien 'Die falschen Spieler', erst 'Die Grecs' genannt und aus der frischen Beobachtung der Kniffe am grünen Tisch entstanden, aber in Wien zu Schröders Aerger durchgefallen, und noch mehr der 'Schwur gegen die Ehe'. Kalt lächelnd scheint der Dichter die Zuschauer mit dem höhnischen Rufe heimzuschicken: verlangt nicht Entwicklung, Sinnesänderung, Reue und was an dergleichen Empfindsamkeiten eure Tugendpostillen mehr enthalten, von meinen Darstellungen des Lebens; wer ein Lump ist, bleibt ein Lump, die Frivolen verharren als hohle Kinder der Welt und aus einem sentimentalen Gänschen wird nur eine sentimentale Gans; wozu soll ich in Dichtungen Laster strafen und bekehren, da doch in dieser grossen Komödie der Gesellschaft sich nichts wandelt und die sogenannten Besserungen nur Spiegelfechtereien sind?

Im Frühjahr 1782 sah der Kunstenthusiast Heinse den umgeschaffenen 'Helden und Hofmann' in Rom wieder. Er hatte den Rang eines Seelieutenants und begleitete als Vorleser den Grossfürsten Paul und dessen schöne Gattin auf ihrer langen Reise. Das war nicht mehr der 'Löwe, König der Thiere', mit dem Heinse fünf Jahre zuvor einen genialischen Briefwechsel über das Schachspiel geführt hatte, sondern ein fertiger, von den total verschiedenen Verhältnissen abgespannter Mann. 'Er war bey seinem abgeschmackten, schaalen, langweiligen Hofleben ganz weichlich geworden'. Italiens Schätze, die ihm Heinse, ein anglühender Cicerone, deutete, gaben ihm einen neuen Schwung. 'Der goldene Hahn' zeugt davon.

Uns kommt es hier auf Klingers deutsche Genieperiode an; nur zum Abschlusse, theils als Fortsetzung, theils als Contrast, soll die russische Zeit andeutungsweise überblickt werden. Es wird nicht bei jeder Aehnlichkeit eines besonderen Hinweises auf die früheren Werke bedürfen, denen sich von den Dramen der 'Günstling' und der schon stärker von Schiller inspirierte 'Roderiko' so eng anschliessen, während das erste, 'Elfride', als ein strenges Exercitium massvoller Beschränkung betrachtet werden muss. Auch Schiller hat ein feines Scenarium für diesen schon von Mason und Bertuch behandelten, ganz neuerdings auch von Heyse bearbeiteten dankbaren englischen Stoff hinterlassen. Dankbar aber nicht für Klinger, dem der poetische Reichthum fehlte, innere Vorgänge, Gefühlsrevolutionen mit Wärme und nuancierter Leidenschaft auszugestalten. Der Schluss ist von kalter, peinlicher Grausamkeit getragen, die sich auch in der feierlicheren Darstellung der Opferung im 'Aristodemos' nicht verläugnet.

Er griff in das Alterthum zurück, nicht wie einst in der Pyrrhushistorie oder in jenem nächtigen Frauengespräch, das sich wie die düstere Variation einer wundervollen Idylle Theokrits liest, noch wie im 'verbannten Göttersohn', wo eine Michaelis-Blumauersche Parodie des Olymps wunderlich mit dem Titanentrotze des Goetheschen Prometheus zusammengeschirrt ist, sondern nach einem Drama höheren Stiles strebend, zu dem ihn allmählich auch Schillers Fortgang lockte, lieferte er freiheitiche Tragödien, wie 'Damokles', heroische, wie die beiden Medeen, und versuchte sich, doch mit weniger Beruf, im historischen Trauerspiele 'Conradin'.

Am fesselndsten sind die von übermenschlichen, titanischen Leidenschaften geschwellten und in hochpoetischer Sprache dahinfluthenden Stücke 'Medea in Korinth' und 'Medea auf dem Kaukasus'; versöhnlich das zweite, wo dies weibliche Pendant des Prometheus die trotzige Uebermenschlichkeit hingibt und endlich unter Barbaren für Humanität kämpfend untergeht. Ohne sich seiner vergangenen dramatischen Sünden zu schämen, liess er sie im Rigaer Theater (1785) unverändert abdrucken. Nur der 'Otto' und 'Das leidende Weib' fielen unter den Tisch. Anerkannt hat er später nur sein Preisstück 'Die Zwillinge'. Eine herzliche Vorrede zur Arria an Freund Kayser weiss die alten Dramen hübsch als Explosionen überspannter Jugendideale zu schildern. Er betrachtete sie immer mehr als historische Denkmäler einer überwundenen Entwicklungsstufe und verwarf es, wie er in den Aphorismen allgemeiner gegen die 'Genieverschneider' sagt, 'die so kühn - genialischen Produkte der Dichtkunst dem Publikum in einer vernünftigern, das heisst, kältern Gestalt noch einmal zu geben'.

Aehnlich spricht sich der berühmte eingehende Brief an Goethe vom 26. Mai 1814 aus. Die Verstimmung war längst, zuerst durch Schleiermachers Vermittlung, gewichen. Die engen Beziehungen der beiden Höfe trugen dazu bei, die alten Freunde zu nähern. Auch Schiller liess dem General Klinger gern seine Hochachtung als einem Manne übermitteln, der ihn einst so mächtig angeregt habe. Später wanderten durch Egloffsteins Grüsse zwischen Weimar und Petersburg hin und her. Goethe selbst, dem bei der Einkehr in seine eigene Vergangenheit das Bild des Freundes hell vor die Seele getreten

war, hatte Klinger um Aufschlüsse über sein Wachsthum
gebeten, um ihm in Dichtung und Wahrheit ein weiteres
Denkmal erbauen zu können. Aber Klinger begnügt
sich mit einem allgemeinen Abriss seiner leidenschaftlichen Jugendkämpfe und legt genauer dar, wie er in
Petersburg die durch den Druck der Verhältnisse so früh
und so peinigend auf ihn eingedrungenen Geheimnisse der
moralischen Welt in einer programmmässig geplanten
Kette von Romanen zu entwirren versucht habe.

Diese zehn Romane (1790—1797) sind die wichtigsten
Erzeugnisse seiner zweiten Periode. Meist nach dem
Princip der idealen Ferne componiert, können sie, die
orientalischen vorzüglich, äusserlich den Einfluss Wielands
nicht verläugnen. Aber sie wollen keinen Wielandschen
Rosenschimmer ausbreiten und, der in ihnen zu uns spricht,
ist kein Danischmende.

Klinger, unstreitig ein Mann von viel Gefühl und viel
Verstand, war nichts weniger als ein geschulter Denker.
Durch Rousseau gründlich verdorben und von Ingrimm
gegen jedes 'System' erfüllt, vermochte er mit der grossen
geistigen Bewegung Deutschlands nicht Schritt zu halten.
Seinem befangenen Geiste erschien z. B. Kants Ethik
bald als eine erhabene Errungenschaft, bald gegenüber
dieser verfratzten Welt als ein lebloses Hirngespinnst
ohne jede Fühlung mit dem sinnlichen Leben. In der
Jugend ohne geistige Disciplin, vielmehr voll Verachtung
gegen die Schulweisheit aufgewachsen, als Mann dem unmittelbaren Wellenschlag der neuen Wissenschaftslehre
und Lebensanschauung entzogen, beraubt des erfrischenden
und anregenden Gedankenaustausches, brütete er über
seinen Rousseauschen Ideen weiter, selbstredend ohne bei
aller Anstrengung auf dem Laufenden zu bleiben, eine
jugendliche Unreife ganz zu überwinden. So sind diese
Romane in aufsteigender Linie Zeugnisse eines ernsten,
ringenden, keineswegs eines ausgewachsenen Geistes. Ein

Mann, ein Greis, der auf Rousseau schwört, kann uns durch sein treues Festhalten an den Jugendidealen rühren, wird uns aber immer den Eindruck einer stecken gebliebenen Entwicklung machen.

Da ist der 'Faust', der die Ursachen des moralischen Uebels ergründen will und vom Teufel — höllische Scenen sind sehr beliebt — geleitet die reichsstädtische Jämmerlichkeit, die Feudaltyrannei, die Farcen der Klöster und Einsiedeleien, die haarsträubenden Greuel der Borgias schaut, den seine reizbare Empfindung immer tiefer in den Pfuhl zieht; der 'Raphael de Aquillas', ein edler Sohn der Natur, den die spanische Hofwirthschaft zum Rächer seines Vaters beruft: ländliche Glückseligkeit wird durch alle Scheusslichkeiten der Inquisition, durch häusliche Qualen, kurz durch Martern jeder Art abgelöst, welche den offenherzigen und darum nicht weltklugen Schwärmer erdrücken und ihm, mag er die entsetzlichsten Schicksalsschläge leiden oder im Stillen bei altväterlichem Naturcultus trauervoll die allgemeine Entartung überblicken, Resignation predigen; da ist 'Giafar, der Barmecide', der, nachdem im Vorhergehenden mehr wüste Materialien, oft auch in wüster Form, aufgestapelt worden sind, nicht ohne Straucheln dazu schreitet, das allgemein verpflichtende Moralgebot in That umzusetzen. Immer überwuchern die teuflischen Anschläge und, bald märchenhaft, bald wild satirisch, die geträumten und die wirklichen Ausschweifungen morgenländischer Willkür die geringen positiven Früchte. Noch immer alles voll Sturm und Drang. 'So sah nun Giafar die Welt als ein ungeheures, von Blut triefendes, von Brüllen und Gestöhn erschallendes Schlachthaus an, in welchem ein unersättlicher Dämon herumwüthet und würget'. So philosophiert auch ein Guelfo. Aber Giafar lernt von Ahmet, sein Ideal nicht in der Weltflucht, sondern in der Bemeisterung seiner selbst finden, willensstark nach der freien Gestaltung seines

Schicksals streben, welche als individueller Act zugleich die Befreiung der Menschheit fördert. Noch hat Satan das letzte Wort gegen die 'Wolkenritter'. Darum führt Klinger in den' Reisen vor der Sündfluth', einer langen Reihe orientalischer Leseabende voll von Koransprüchen, seinen Contrast weiter, dies Mal zwischen dem Naturmenschen Mahal und den Kainiten. Es ist ganz Rousseauisch gedacht, dass durch das erste Mein und Dein die Zwietracht unter den Menschen entsteht und Erfindungen, Künste und Wissenschaften ohne Unterschied von den entarteten Söhnen des Thales ausgehen. Mahal würde die Dijoner Preisfrage aufs Haar wie Rousseau beantworten und dieser seine Freude daran gehabt haben, wie jener auf der öfters an Swifts Gulliver erinnernden Fahrt seiner Verachtung gegen die für den Untergang reifen Staaten Luft macht, gegen jenes greuliche Reich des Puh, wie gegen die rechnenden Irader, denen Reichthum Tugend, Armuth Laster ist, gegen die aristokratischen, das Ich anbetenden Giner, denen die qualvolle Sclavenarbeit ihrer Heloten ein müheloses Götterleben schafft, gegen die lügnerische Schriftstellerbande der Gomers und das philosophische System der eiskalten Denklinge. Mahal findet die Quelle aller Verderbnis: das Wissen. Aus dieser losen Folge erhebt sich die wenig über Ahmet hinausgehende Lehre Rams, dass alle Erkenntnis auf sinnlicher Erfahrung beruhe und, worin Klinger Kant näher tritt, dass unsere Handlungen einem allgemein verbindenden Sittengesetz entspringen müssen; dem freien Willen, nicht der Hoffnung auf Lohn, der Furcht vor Strafe. Und weiter meint man am Schlusse eine Anlehnung an Lessings 'Erziehung' zu spüren. Denn entgegen dem auch im phantastischen 'Faust der Morgenländer' wiederholten Grundsatze des Vizirs, man könne die Menschen nur mit eisernem Scepter zum Guten, das heisst zum stumpfen Gehorsam zwingen, wird, als Mahal verzweifelnd auf seinem alten

Berge um Vertilgung des ganzen Menschengeschlechts bittet, der Gedanke einer stufenweisen göttlichen Offenbarung und Erziehung angedeutet. Es ist bezeichnend für Klingers immer gleich jugendlichen Abscheu vor dem Popanz System, dass er im*) 'Sahir' Kants kategorischen Imperativ — 'die kalte, abwägende, despotische Vernunft' — ein aufgeblähtes, aus Pergament zusammengeflicktes Ungethüm als Vertreter Deutschlands neben den auswärtigen Juristen, Mönchen, Rittern zu dem guten circassischen Sultan ziehen lässt und sich in seinen Darlegungen über das der Zunahme der Gesetze entsprechende Wachsthum der Laster, die Gefährlichkeit des Uebergangs von der Natureinfalt zur Kultur, wieder ganz in Rousseaus Nebel verliert. Dieser immergrüne Jugendidealismus treibt am mächtigsten in der ebendamals (1798) erschienenen 'Geschichte eines Teutschen der neuesten Zeit'. Wir kehren in die Heimat und Gegenwart zurück, doch nur, um auch hier die edle, einfache Natur mit den Ausartungen der Cultur, die freiheitliche Gesinnung mit niedrigen Hofzuständen, die feinste Empfindung mit dem verletzendsten Missgeschick kämpfen zu sehen.

Es ist der junge Klinger selbst, der hier als Ernst von Falkenburg unschuldige Opfer der Kabale vertheidigt, beim Fürsten reformatorisch wirken möchte, der in dem Präsidenten das 'kalte ungeheure Ding: System' bekämpft, den despotischen Menschenschacher der deutschen Jammer-

---

*) 'Sahir, Eva's Erstgeborner im Paradiese' ist nur eine Umarbeitung des schon 1785 erschienenen 'goldenen Hahns'. Mit heiterer Lieblichkeit sind Prinzessin Rose und Fanno geschildert, sinnlich, cynisch vor allem die Sultanin und ihr geistlicher Rath, der spanische Mönch. Durch seine märchenhaften und seine frivolen Bestandtheile steht das Werk noch den beiden Romanen der letzten deutschen Jahre, dem 'Orpheus' und 'Prinz Formosos Fiedelbogen' nahe, ungeniessbaren, weitschweifigen, nur des Geldes wegen hingesudelten, auch Wielandisch lüsternen Werken, deren erstes er schon als Theaterdichter in Frankfurt 1777 vollendet hatte.

fürsten verabscheut, der — man vergleiche nur die 'Betrachtungen' — das englische Krämervolk verachtet, aber sich für Franklin und die amerikanische Freiheit begeistert und die Tugend nicht in dem 'aufgeklärten' Europa, sondern bei den Wilden am Ohio findet, dem sein Idealismus eine Fülle politischen und häuslichen Unglücks zuzieht, ohne dass er um eines Haares Breite von seiner Gesinnung abwiche.

Goethe, dessen 'Wilhelm Meister' damals nicht nur den modernen Bildungsroman, sondern die moderne Bildung und Lebensanschauung in Fluss brachte, konnte begreiflicher Weise den Klingerschen Romanen, auch den minder greuelvollen, wenig Geschmack abgewinnen. Bekannt ist ja, wie er bei der Herausgabe seines Briefwechsels mit Schiller ein scharfes Urtheil über den 'Giafar', freundschaftlich fälschend, in einen Ausfall gegen Heinse umwandelte. In dieser modernen 'Geschichte', keiner Bildungsgeschichte, denn Ernst von Falkenburg verharrt mit einsamer Treue bei den früh erkorenen Idealen, fand er aber den ungestüm strebenden Jugendfreund ganz wieder. Sie hat in erster Linie die Darstellung in 'Dichtung und Wahrheit' beeinflusst. Ernst und Amalie galten ihm als Muster für Klingers Jünglinge und Mädchen. Seine Darstellung des Rousseauverehrers, im einzelnen das Citat des Eingangs vom 'Emil', ist hieraus geflossen. Ja vielleicht ist ihm an der Figur Renots, der dem jungen Priester der Natur ein Helvetiussches 'System der Sinnlichkeit' als Gift aufzudrängen sucht, jene tiefe Abneigung der Rousseauschwärmer gegen die Encyclopädisten wieder aufgegangen, von der er in einer früheren Stelle seiner Autobiographie spricht.

Ernst erhält von seinem scheidenden Mentor Hadem Rousseaus 'Emil', das 'erste Buch unsers Jahrhunderts, das erste Buch der neuern Zeit'. Das ganze Kapitel ist ein anbetungsvoller Panegyricus auf den Genfer Lehrer der Tugend, seinen Freund und Leiter: 'Der Jüngling, der keinen Führer hat, wähle diesen. Er wird ihn sicher durch das Labyrinth des Lebens leiten, ihn mit Stärke ausrüsten, den Kampf mit dem Schicksal und den Menschen zu bestehen. Diese Bücher sind unter der Eingebung der lautersten Tugend, der reinsten Wahrheit geschrieben; sie enthalten eine neue Offenbarung der Natur, die ihrem Liebling ihre heiligsten Geheimnisse zu einer Zeit entschleierte, da die Menschen sie bis auf die Ahnung verloren zu haben schienen'. Gleich andächtig blickt Ernst am Schlusse auf den einst für Rousseau gewundenen Ehrenkranz, ruft aus derselben Fülle des Herzens den Namen Rousseau — 'und aus den labyrinthischen Felsengängen der Höhle hallte es zurück, als antwortete die Ewigkeit'.

Wir sehen den Mann, der in oder soll man sagen trotz diesem tiefen Rousseauglauben so fest durch das Leben schritt, werden in seinem reifsten Werke, dem Dialoge 'Der Weltmann und der Dichter' (1798). Ueberwunden ist der Sturm und Drang, die abend- und morgenländischen Greuel fürstlicher und pfäffischer Tyrannei seiner Dramen und Romane. Er führt die beiden widerstreitenden Hauptrichtungen seines Wesens friedlich vor. Klinger hat zu Dichter und Weltmann ein anderes, viel näheres Verhältnis, als Goethe zu Tasso und Antonio. Von dem Dichter hört man wenig wesentliches, nur, dass er für einsame Beschränktheit unter treuen Naturmenschen und ein vor Entzauberung schützendes Phantasieleben schwärmt und immer noch mit dem alten Franz auf die 'entdichternde' Aesthetik stichelt. Der Weltmann dagegen legt sein Werden dar. Er, auf der Schule der ärmste, unbedeutendste von allen, der dann als Secretär am Hofe den unbezwingbaren Riesen 'ererbten Namen, vor alten Zeiten übertragenen Vorrechten, hohen Aemtern, Reichthum, geheiligten Vorurtheilen' nur 'Armuth, bürgerlichen

Stand, einiges Talent' entgegenhalten konnte, hat alle Hindernisse siegreich überwunden und sein hohes Ziel erreicht durch den unverrückbaren Grundsatz: Sei nur ganz, was du sein willst. So stieg Klinger, ein Selfmade man im besten Sinne, durch makellose Tüchtigkeit grad hinan von Stufe zu Stufe. Der Verfasser des 'Günstlings' ist ein uneigennütziger Liebling der Höchsten, der Dichter der 'Arria' verehrt aus ganzer Seele Alexander I und verbringt viele Wochen auf dem Landsitze der Herrschaften, der Sohn des Constabels thut eine vornehme Heirat und erhält den Adel, der wilde Giessener Student wird ein strenger Curator der Universität Dorpat, Mitglied der obersten Unterrichtsbehörde, Leiter des Cadettencorps, General.

Sein einziger Sohn fiel in dem Feldzuge 1812, seine Gattin, fast erblindet von vielen Thränen, siechte dahin. Klinger selbst bekannte: 'Ich fühle mit jedem Pulsschlag, dass mein Leben nichts mehr ist'. Eine neue Heimat hatte er in Russland nicht gefunden. Deutschland war ihm Vaterland und Heimat geblieben. Vergebens hoffte er, 1815 die alten Stätten noch einmal zu grüssen und auch zu Goethe als derselbe zurückzukehren. Er hatte zu viel Gedanken im Inneren zu bergen, als dass ihm das Leben eine Lust sein konnte. Seine Aphorismen wimmeln von den schneidendsten Ausfällen gegen die Höflinge und die Verlogenheit der Gesellschaft. Immer schärfer bildete sich in ihm der römische Stoicismus, den schon einzelne Jugenddramen athmen, aus. Gegen eine lähmende Resignation schützte den unverdrossenen Kämpfer sein fester Schild mit der Devise 'Muth und Kraft'.

Die innere Welt des vollendeten, 'welterfahrenen' Mannes offenbaren seine 'Betrachtungen und Gedanken' (1801—1805), eine reiche Sammlung der gehaltvollsten Aphorismen, Zeugnisse seiner Geistes- und Characterbildung und der unverwelklichen Frische seines Herzens. Er ringt ohne Ermüdung nach geistigen Eroberungen.

Er bleibt sich selbst treu und mit liebevoller Hochachtung und Rührung muss es uns erfüllen, ihn immer wieder andächtig vor den Heiligthümern seiner Jugend opfern zu sehen. Ein Bodensatz von Sturm und Drang verbirgt sich auch in den reifsten Sprüchen nicht. Er lässt nicht ab, für Rousseau zu schwärmen und seine alten Götzen Homer, Ossian, Shakespeare, Milton, Klopstock, Goethe zu verehren. Mit treuer Dankbarkeit hängt er an Schlosser. Er hasst die Liebediener, den Geisterpöbel, die Empfindler und Schwindler, mögen sie auch*) Lavater und Jung heissen, die verzärtelnde Sentimentalität, die neue Schicksalstragödie, welche seinen deutschen Landsleuten statt der schmerzlich vermissten Thatkraft nur dumpfen Fatalismus einimpfte. Er ist stolz auf die geistigen Errungenschaften Deutschlands, sollten es auch philosophische Systeme sein. Wenn ein geistvoller Forscher unserer Tage Kants Kritik die deutsche Eroberung der Bastille nennt, so hat schon Klinger Kants 'Revolutionswesen in dem Geistes- oder Verstandesreich' und die französische Revolution verglichen. Die freiheitlichen Grundideen dieser grössten politischen Bewegung hielt er — ein russischer General, der jedem Prinzen einen Republikaner zum Erzieher wünschte! — hoch, verabscheute aber tief empört ihre fürchterlichen Excesse, bei denen ihm Satan zu schüren und der Genius der Menschheit das Haupt zu verhüllen schien. Das Bruchstück seines zehnten als eine grosse Zeitgeschichte geplanten Romanes und bereits die 'Geschichte eines Teutschen' zeugen davon zur Genüge. Ebenso leidenschaftlich jedoch verdammte der alte Freiheitsheld die neuen deutschen 'Schand- und Schimpf-

---

*) Schon im Faust und Sabir verhöhnt er den ihm einst befreundeten 'Gesichtsspäher'.

perioden' und verlangte von den Fürsten ein Kriegsdenkmal der deutschen Volkstreue geweiht. Rührend klingt das wehmüthige Geständnis vom Newastrande nach Deutschland hinüber, hervorgerufen durch die Schriftstellerklagen über die Unzulänglichkeit der deutschen Sprache: 'Wenn ich mich aber beklagen sollte, so würde ich nur darüber klagen, dass ich mehr in Tönen anderer Sprachen reden muss, als in der vaterländischen'.

Am russischen Hofe, dessen Kaiser er doch so liebte, kam ihm nicht nur das bittere Wort von den 'Menschen und Russen', sondern auch die Ueberzeugung von der immer neu zu erprobenden Wahrheit der juvenalischen Satire und die Einsicht, dass sein altrömischer Hass gegen das Cäsarenthum und seine Folgen keine Utopie sei, denn hatte er ehedem den Tacitus im Verdacht der Uebertreibung, so bekannte er jetzt, die lebendige Erklärung zu seinen Werken, die er aufführen sehe, lasse ihm sogar zu Zeiten die Farben nicht düster genug erscheinen: 'Wohl dem, der nur von solchen Dingen liest'.

Nachdem er sich in Romanen und Betrachtungen die Dinge in seiner Weise zurecht gelegt und 1822 seine Aemter aufgegeben hatte, lebte er in stiller Zurückgezogenheit bis zu seinem Tode am 25. Februar 1831. 'Das war ein treuer, fester, derber Kerl, wie keiner' sagte Goethe zum Kanzler Müller.

Wer ihm während der letzten Jahrzehnte begegnete, Bulgarin, Fanny Tarnow, Arndt, bewunderte die hohe, wie aus Metall gegossene Gestalt, den tiefen Blick, die mächtige Stimme und noch mehr den freien, imposanten Geist des geglätteten und gehärteten Weltmannes, der nach allem Sturm und Drang von sich bekennen durfte, er habe alle hervorragenden Erscheinungen alter und neuer Zeit kennen gelernt, unter Friedrich dem Grossen, der französischen Revolution, Alexander I. gelebt und gestrebt, durch Geburt und Erziehung die niederen, durch seine spätere Lage die höheren Stände geprüft, nie eine Rolle gespielt, immer sich selbst am schärfsten und schonungslosesten beobachtet und behandelt:

'Ich habe, was und wie ich bin, aus mir selbst gemacht, meinen Charakter und mein Inneres nach Kräften entwickelt und da ich dieses so ernstlich als ehrlich that, so kam das, was man Glück und Aufkommen in der Welt nennt, von selbst.'

Verlag der **Weidmannschen Buchhandlung** in Berlin.

Wielands Abderiten.

Vortrag von **Dr. Bernhard Seuffert.**
(52 S.). gr. 8. geh. 1 Mark 20 Pf.

Maler Müller

von **Dr. Bernhard Seuffert.**
Im Anhang
Mittheilungen aus Müllers Nachlass.
(VI u. 639 S.) gr. 8. geh. 10 Mark.

Wieland
und die
Weidmannsche Buchhandlung.

Zur Geschichte deutscher Literatur und deutschen Buchhandels.
Von **Karl Buchner.**
(166 S.) gr. 8. geh. 2 Mark 40 Pf.

Jean Paul
und
seine Zeitgenossen.

Von **Dr. Paul Nerrlich.**
(IX u. 374 S.) gr. 8. geh. 6 Mark.

Vorträge und Aufsätze
zur
Geschichte des geistigen Lebens
in
Deutschland und Oesterreich.

Von **Wilhelm Scherer.**
(VI u. 431 S.) gr. 8. geh. 8 Mark.

Druck von W. Pormetter in Berlin.